UNIVERSITAT DE BARCELONA
PG. GRACIA
CATALUNYA
FONT DE CANALETES
MUSEU D'ART CONTEMPORANI DE BARCELONA
RAVAL
PALAU DE LA VIRREINA

序

preface

DIGITAL

喂喂，你很奇怪耶！

在地中海温暖阳光的拥抱下，西班牙有一座人口仅次于首都马德里的大城市，它是世界上人口最稠密的城市之一，它的绰号是“欧洲之花”，人们叫它“伊比利亚半岛的明珠”，安徒生称它为“西班牙的巴黎”，在塞万提斯眼里，它被誉为“世界上最美丽的城市”。

它，就是巴塞罗那。

那么在这里，人们是如何相爱，如何交友的？又是如何哭泣，如何面对死亡的呢？

这本书所书写的，正是巴塞罗那这座城市教会我的事情。

海明威曾说：“如果你年轻时就够幸运地生活在巴黎，那么在以后的一生中，你无论去哪儿，巴黎都会使你流连，因为巴黎是一个流动的圣节。”

如今有另一个版本：全世界人民都向往巴黎，而巴黎人民向往巴塞罗那！

所以，如果你年轻时就够幸运地生活在巴塞罗那，那么在以后的一生中，你无论去哪儿，“巴塞罗那”四个字都会闪耀着光辉，因为巴塞罗那有一种热爱生活的态度。

于是也就有了这本书的诞生，它不告诉你作为一个游客该去哪里履行游客的职责，而是告诉你，如果是在巴塞罗那生活，日子会过成什么样子。

那，为什么要写这么一本书呢？

对于巴塞罗那，旅行书如此介绍：气候宜人、风光旖旎、古迹遍布，素有“伊比利亚半岛的明珠”之称，是西班牙最著名的旅游胜地……

哦！别以为我们整天在看弗拉门戈、斗牛，在流浪者大街和艺术家聊天……

事实上，当我问了在巴塞罗那的好友们后发现，几乎没有当地人在巴塞罗那看过一场弗拉门戈舞蹈，大部分人对斗牛反对得很，只有少数人进去过圣家堂的里面，至于中国游客以耳传耳的 Burberry 工厂直销店，当地人中根本没几个知道。当然，至于红色的城市观光车，里面坐着的只有游客。

好吧，你拿着相机，整个形象早已不言而喻地贴上了“我是游客”的标签，所以我也建议你放下相机，翻开这本书，全身心体验巴塞罗那的城市态度——热爱生活。

贝小戎有本书叫《假装读过》，他将自己读过的书用一篇文章介绍和叙述，让没有时间读书的人可以快速阅读，也让读书不多的人，譬如我，能找到几本感兴趣的书培养文明高尚的阅读兴趣。

那么，借着对巴塞罗那的热爱，我也想写一本书，讲述关于这座城市的故事，剥去旅行的外衣，让更多人看见巴塞罗那赤身裸体的美，当然她并不是凹凸有致完美至极的，她有些小肚子，她的头发干枯，她的胸部过度饱满。

可是，这就是她，一座独一无二的城市。

希望你的旅行箱里有两本书，*Lonely Planet* 带你看尽巴塞罗那的美景，而这本书陪你做一回巴塞罗那人。

另外，在书写过程中，我总忍不住想要说：“巴塞罗那，你真的很奇怪耶！”

旅者与城市

The traveler and city

因为我是铁匠的儿子

人们都说，他真的是非常幸运，因为他出生在那个时代。

就在不久前，国王签署了一份诏令，将对巴塞罗那进行大规模的改建。工商界的大富豪们将眼光投向这座城市，纷纷斥巨资加入到这项改建工程中来。他们最喜欢的，莫过于那些既别出心裁又可以扬名天下的设计。

建筑师，在那时成为年轻人心心念念的职业。男孩们都想快点长大，造出属于自己的楼。这个沉默内向的男孩也一样。所以，在 18 岁那年，他离开了雷

乌斯，这个离巴塞罗那不到100公里的加泰罗尼亚小镇。没想到，离家前和母亲的拥吻，竟成为永别。

在离开家之前，他过着怎样的生活？父亲是个铁匠，这一家人善良老实，都是虔诚的教徒，朴素、安静，在外人看来甚至有些寂寞。他在很小的时候患上了风湿，疾病使他不能和其他小朋友一起玩耍，他习惯了独处，有时候可以静静地观察一只蜗牛、一朵花一整天。

他爱上了大自然，并在这里找到了上帝。

“只有疯子才会试图描绘世界上不存在的东西！”

没有人知道这个小男孩在日记里写下的这句话，它如同一颗种子，在几十年后萌发，并且茁壮成长。

他不愿意去发明别出心裁的东西，他喜欢大自然中那些天然存在的东西，它们已经是无与伦比的美丽了。

在学校，他性格孤僻、成绩中等，因此他的朋友不多，不过他画画非常棒，课余时间，他为中学手抄本杂志《滑稽周刊》画插图，乐此不疲。

在巴塞罗那，他开始系统地学习梦寐已久的专业：建筑。

20岁这年，他的青春动荡，发生了许多事：就读医学院的大哥不幸去世，作为家庭主妇的母亲病故，姐姐也死了，留下一个幼小的女儿。老铁匠牵着孙女小小的手来到巴塞罗那，与他住在一起。为了养家，他不得不一边学习建筑，一边打工赚钱。

毕业那年，25岁的他把为一所大学设计的礼堂作为毕业设计，天马行空的风格，他的方案震惊了同学和老师们，最后多亏校长出面，通过了他的设计，顺利毕业，校长感慨地说：“真不知道我把毕业证书发给了一位天才还是一个疯子！”

命运之门悄然打开……

因为跟随铁匠父亲学过几年艺，少年的他做过锻工，也学过木工、铸铁和塑模，在毕业这一年，他为巴黎万国博览会设计了橱窗展台，获得了小成功。因此，32 岁的奎尔伯爵听说了他的名字。这个奎尔伯爵是加泰罗尼亚地区的超级富商，同时也热情地参与政治。

巴塞罗那城市文化的传奇时代，从这两人的相遇开始了。

认识了他之后，奎尔伯爵决定把自家未来的官邸，还有以自己名字命名的城市花园交给他设计。周围人听说后，纷纷劝阻，可是奎尔伯爵丝毫不介意他孤僻的个性，还有那古怪的脾气，反而认为他是一个天才。每每遇到质疑，奎尔伯爵回答道：“正常人往往没有什么才气，可天才却常常像个疯子。”

每一次见面，当他告诉奎尔伯爵他新奇的、那些旁人听到后会觉得疯狂的想法，他们总能非常愉快地达成共识。就这样，他设计，奎尔伯爵出资，他们在巴塞罗那留下了许多建筑。

于是，人们又说，他不仅生逢其时，还找到了伯乐。这一个伯乐允许他淋漓尽致地展现自我，并且为他提供了充足的财力保障。这一切，从他 25 岁那年

开始，带着梦想，他越飞越高。

但是，成就和名气并没有改变他。出生自一个铁匠家庭，从小过着朴素简单的生活，在父亲去世后，他过起了独居生活，衣衫褴褛，吃得也简单，经常下工地，许多次别人都以为他只是路过的乞丐。

他永远留着大胡子，表情沉重且依然孤僻，奎尔伯爵是他唯一的朋友，他似乎也不需要更多的朋友。

有钱人热衷于在建筑和公共艺术中一掷千金，奎尔伯爵则是这群人中的最佳代表。

加泰罗尼亚人被称为西班牙的犹太人，他们精明而吝啬。19 世纪的工业革命，偏偏没有使这些“西班牙犹太人”成为暴发户，反而增强了他们的艺术鉴赏实力，这与巴塞罗那这整座城市的艺术氛围和人文底蕴有关。

他说：“直线属于人类，曲线属于上帝。”

在他设计的所有住宅楼房里，他最满意的是“米拉之家”，如果你亲眼见到，同样会被震撼——这整栋建筑找不到一条直线！

在施工的时候，米拉前来探视，发现整个工程居然没有预算和规划，他把高迪叫来，深深地表示了他的担忧，没想到，高迪从口袋里掏出皱巴巴的图纸，说：“这就是我的计划。”

米拉难以置信地捂着胸口离开。交工的那天，米拉看见那奇怪的楼，波浪一样的阳台，几乎晕倒，起初甚至不肯交款。可谁又能想到，如今，“米拉之家”已经成为了巴塞罗那的标志性建筑之一，而米拉的名字，也将和这个建筑一起，站立在历史的长河之中。

他不会说西班牙语，只用加泰罗尼亚语和人交流，下到工地里，需要人翻译才能与工人沟通。即使教学生，他也每次最多只带两个在身边。对他而言，

嘉倩

我在高迪公园

2 分钟前

这两个学生已经完全足够平衡他与这个世界的关系。有时他忙得忘记吃饭，学生也看不下去，往他嘴里塞面包。

没有人给他介绍妻子，他也没有那样的念头。有人说，他曾经爱过一个姑娘，她走以后，他决定把自己献给建筑，因为建筑才是实实在在的东西，只要努力就可以得到该有的回报，而爱情不过是幻觉。他在日记里曾写过：“为避免陷于失望，不应受幻觉的诱惑。”

这一路，幸亏有唯一的好友的支持，即使不被公众所理解，高迪也依然能够我行我素。米拉公寓建成以后，人们居然以“丑陋”形容它，当圣家堂被建立在马路之中时，人们也对此议论纷纷。但奎尔伯爵是一个政治家和富豪，政府也拿他没办法，一切他说了算。

高迪，可谓是生逢其时。

那是一个封建贵族开始没落的时代，那是一个工业资本日渐发达的时代，那是一个公众舆论还不至于扼杀梦想的时代。

他把小时候观察大自然的那一股爱也融入了建筑里：海浪的弧度、海螺的纹路、蜂巢的格致、随性但浓烈的色彩。大自然里，哪里有工业化的直线？所以，他应用的都是柔和的曲线。

世界上，万物具备了灵气，看那天空，看那云层，看那水面，看那山脉，看那植物。当他思考设计的时候，闪现的画面都是小时候一个人静静观察时所看到的。

他说：“艺术必须出自于大自然，只因大自然已为人类创造出最具独特魅力的造型。”上帝握着他的手，他将这些建筑的艺术又归还给了上帝。

1926 年 6 月 7 日，当整个巴塞罗那为了新开通的电车兴奋不已的时候，74 岁的他，衣衫褴褛，正在从幽静的哥特区走去圣菲利普内力教堂祷告的路上。

这时，一辆电车朝他撞来。路人以为他只是个流浪汉，便随便将他送到了一家医院，他没有被第一时间治疗，3天后，不治身亡。也就是在那时，有人认出了他，惊呼西班牙失去了这位国宝级的天才！

后世的人，冠以他无数的荣耀：

“为巴塞罗那而生，为巴塞罗那而死。”

“在他的艺术生涯中，他形成了自己的、曲线的，几乎是超现实主义的风格，从而奠定了他在西班牙艺术革新运动中的领袖地位。”

“巴塞罗那，这座城市几乎可以被一个人所笼罩，他就是巴塞罗那建筑史上最前卫、最疯狂的建筑艺术家。”

“他的建筑和所有欧式建筑不同，作为用建筑表达思想的哲学家，高迪对西班牙传统建筑进行了解构，建筑就是雕塑，就是交响乐，就是绘画与诗作。他是一个不折不扣的理想主义者。”

“高迪是一个出色的音乐家，因为我听到那一块块砖瓦是凝固的音乐，那波浪的建筑曲线是流动的音乐，那绚烂的色彩是绽放的音乐，一切都是美的旋律。”

……

他从未在意过外界的眼光，对于荣华富贵，对于虚荣享受，他也并不在意。

因为他是安东尼奥·高迪，因为他出生于一个平凡却又骄傲的家庭。他说：“我有感受事物和空间的本事，因为我是铁匠的儿子，他们是会把平面变成容器的人。”

他，就是一个从那些别人看不起的天然铁片、马赛克、毛石、镜面、碎瓦、碎陶乃至完整的瓦罐中，都能找到灵魂的人。

// 高迪公园日与夜

圣家堂，世间最完美的未完成

1

在新年来临的时候，巴塞罗那封路，开车只能穿小道。

远远地，看见一大群人在宽阔的马路上跑步，原来，是一年一度的城市马拉松。这座城市里的人有用不完的力气，年关时也不爱留在家里，偏要在奔跑中迎接新年的第一刻。

路过圣家堂，在昏黄灯光下，12 月底居然有些夏天的味道。我回过头，突然问身边的他："喂喂，如果用埃菲尔铁塔和你们换圣家堂，好不好？"

得到的回答是："十个埃菲尔铁塔也不换！"

他顿了顿，继续道："还有啊，圣家堂一定要和这些吊桥什么的搭配在一起。虽然从来没有进去过这座教堂，但每次路过都瞥一眼，从小看到大，早就习惯了它现在这样子。如果有天修建完毕，估计还会不习惯呢！"

一个转弯，圣家堂被甩在身后，面前逐渐出现灯火辉煌的市中心。

2

高迪去世后不久，有个年轻的日本建筑师来到巴塞罗那，为了考察这里的地铁项目。

当年，他也像许多初来乍到的游客一样，走出圣家堂地铁站，迎向阳光，一个转身，那没有完工的圣家堂，直挺挺地在眼前出现，他瞬间被惊到了。

晚上回到旅店，他还没有从那一刹的震撼中恢复过来，久久不能入睡，于是打开日记本，写道："我看到东北正面与西北面的半圆形墙面已经建好，但上头的圆顶还没有完成，抬头可见灰茫茫的天空……鹰架被搭到了钟楼顶端，巨大石块上的浮雕环绕着钟楼……"

这个日本人，名叫今井建治。

他回到日本后，再也没有从圣家堂给他带来的巨大震撼中走出，于是，他放弃了在地铁领域中的研究，成为高迪的狂热追随者。

从一个年轻的建筑师，成为一个白发苍苍的大学老教授，他讲的始终是高迪。

班级里，有个学生很不理解，甚至有些叛逆，拍着桌子不服道："你为什

么用一辈子去追随一个已死之人？真没出息！”

后来，这个学生跑出教室，买了一张机票，来到巴塞罗那。

当他走出地铁站，也是迎向阳光，一个转身，圣家堂以当年迎接今井建治的姿态，同样出现在了他的眼前。

他站立在那里，惊呆了……

这个学生，就是当今和安藤忠雄齐名的日本建筑师石山修武。

不少游客是为了追寻高迪才来到巴塞罗那的，从来没有哪一座城市，仅仅因为一个人的存在而那么受欢迎过。巴塞罗那因为它丰富多彩的高迪建筑，在1999年获得英国皇家建筑学会授予的“皇家建筑金奖”，这是迄今为止，这个奖项第一次颁发给一个城市整体，而非单个的建筑。

有人统计过，高迪的建筑，每年为巴塞罗那带来至少5亿美元的旅游收入。那么，其中一定有不少是由来自日本的游客贡献的。

在巴塞罗那，随处可见日本游客，他们通常是人手一本《巴塞罗那——高迪的城市》画册。有一种说法，日本人对巴塞罗那有种情结。这话的确不假，曾有一部日本电影，名叫《未来预想图》，片中的主人公福岛是一个高迪迷，电影摄制组甚至还来到了巴塞罗那拍摄，里面都是熟悉的街道、熟悉的风景，当然，还有熟悉的圣家堂。

其中有一段情节就是：

“这是圣家堂，很棒呢！真想能亲眼去看看，我想成为高迪。”在大学的图书馆，还是一个建筑系大学生的福岛，对身旁他喜欢的女生说。

“要变成高迪倒是有点困难，我们去看看吧！”

虽然中间发生了很多事，他们分开了，可若干年后，在圣家堂前，福岛却看见了一个熟悉的背影，大喊她的名字。

一转身，果然是那个朝思暮想的她。

3

圣家堂的全名是：圣家族赎罪教堂。

起初，由一个组织发起兴建，他们看到当时社会的颓废，希望建立一个位于巴塞罗那的市中心的赎罪教堂，可以让教徒们在这里祈祷。它与真正教堂的区别在于不受教皇管理，是私人财产，甚至可以说是大众宗教情怀的表达。

一位名叫 Villars 的建筑师，他被指名负责该工程项目，但在建了地下室之后不久退出了。

1883 年，高迪接手，他是一个非常虔诚的教徒，谨慎而认真地起草了一个万分繁杂的设计方案，自从接手之后，他再也不设计其他任何建筑了。在他眼中，圣家堂不仅仅是建筑，甚至可以说，这是他梦想的实现。

圣家堂的核心理念是将教义现实化，教堂的设计共有 3 个主题，分别是诞生、受难和复活，墙上的雕塑都是以《圣经》中的故事作为题材，18 座高塔中的 17 座分别代表了耶稣的 12 个信徒、4 个使徒和圣母玛利亚，而中央最高的尖塔象征耶稣本人。并且，为了景观需要和视觉艺术效果，教堂四周保留相应的空地，形成四星状的广场。

站在它的面前，即使你不是教徒，也会被宗教的感染力折服。这一种折服，并不是哗众取宠，而是来自上天，来自自然的那一种由内心而生的感动。

1883 年是高迪建筑生涯的巅峰。三十而立的他，开始了圣家堂的建造。教堂最初被命名为贫民教堂，后曾一度改称新教堂，最后决定取名圣家族大教堂。

为此，他付出了一生的心血。

43 年来，他每天都去监工，衣衫褴褛，甚至经常忘记吃饭，需要学生往他嘴里塞面包。有一天，当他结束工作，一如既往地去教堂祈祷的路上，一辆电车撞向了他……

4

从 1883 年动工到现在，已经过去了 120 年，教堂的建造只完成了 60%。

高迪离世后，被安葬在圣家堂下。随着内战的爆发，一场大火，他的设计稿、模型等都被毁坏，直到 1952 年工程才得以继续。

英国作家乔治·奥威尔，作为一个逃亡者，流落在内战中的巴塞罗那街头，

四处躲藏。他在一个夜晚来到了圣家堂，面对着半成品，写道：

“这是我第一次看这个教堂——一座现代教堂，世界上最可怕的建筑之一。它的四个尖顶做成锯齿状，很像霍克酒瓶。与巴塞罗那的大多数教堂不同，革命期间它没被破坏——人们说是因为它的‘艺术价值’使它幸免于难。尽管无政府主义者在塔顶之间挂了一面红黑相间的旗帜，但我认为他们没有利用机会将教堂炸掉，实属失策。”

但奥威尔的言论丝毫不影响如今人们对于圣家堂的热爱，世界早已承认了高迪，承认了圣家堂。

抬头，你可以看见它四个尖塔的颜色，不像其他欧洲教堂般灰暗，它被恢复成原先的色彩。

至少已经有人在想象：这座规模上仅次于意大利圣保罗大教堂的世界第二大教堂一旦完工，它将会凌驾于世间的一切之上，第一场礼拜仪式定将响彻云霄，还有那可容纳 2200 人的唱诗席——1500 个大人、700 个小孩，还有 7 架管风琴伴奏……

每天 9 点，教堂对外开放，门票 15 欧元，多付 3 欧元还可以登上钟楼，俯瞰巴塞罗那市区。每天游客络绎不绝，排成长队，绕教堂一周。

5

我常常一个人在圣家堂，坐在长椅上直到天黑，感受着头顶阳光的变化。

一瓶水，一块干面包，度过一天，思绪在另一个维度活跃。

反正在这里写作，可以随心所欲，心情如同圣家堂前的池水般清澈见底。

身边只有来自世界各地的游客，我安然舒适，甚至成为他们的风景。

圣家堂，世界上唯一一座还未完工就被列为世界遗产的建筑物，同时也是世界近代建筑史上耗时最长的建筑。在欧洲，不论你到哪个国家，参观教堂都是必不可少的，但大多数教堂都雷同，唯独这座圣家堂，来过的人，几乎都认定它是独一无二、过目难忘的教堂。

没人能告诉你，到底哪一天才会竣工，有传说需要20年，也有说法是我们这辈子是看不到了，因为至少需要100年。西班牙人习惯性地迟到，让我们对任何时间都没有了概念。

不过，生活在这里的人们，早已习惯那些现代的建造机器围绕在古老的教堂周围。

有人说，这显示了巴塞罗那人的懒惰。有人说，没有人能真正完成高迪的作品。也有人站出来声辩，圣家堂乃赎罪教堂，资金的来源主要靠个人捐款以及门票的售卖，资金来得慢，所以才建得慢。

反正高迪不急着完成。因为老板不急，老板就是上帝。

未完成是另一种完美，毕竟大自然也永远是在未完成的状态中，生生不息。

嘉倩

世间最美的未完成

2 分钟前

百走不厌的经典路线

每次有朋友远道而来，我必定都要带着朋友在巴塞罗那转一圈。

久而久之，将线路不断缩减，最后制定出一条自己周末也会没事去转悠的路线：奎尔公园—格莱西亚街区—流浪者大街—博盖利亚市场—海港—城市沙滩—圣家堂。

为何奎尔公园排名首位？因为这是每次去都感到心旷神怡的地方，世界上再也找不到任何一个公园可以和它相媲美。

和圣家堂一样，它也是未完成的。

当我还是一个游客时，第一次来到这里，乘坐旅游巴士，跟随路牌走了10多分钟才抵达。生活在巴塞罗那后，又发现了其他两条线路：地铁3号线，在Lesseps站下车，或者在巴约之家门口坐24路电车，直达公园E出口。

很多人来到西班牙，来到巴塞罗那，只是为了高迪。想一想，我第一次见到奎尔公园，正是在电影《午夜巴塞罗那》里，其中一处的取景，就是在奎尔公园的彩色大蜥蜴前（1992年的时候，它被视为巴塞罗那奥运会的吉祥物）。

电影中，美国女孩被问：“为什么研究生要读加泰罗尼亚研究院呢？”

她回答：“我在中学的时候看见高迪的建筑，一下子就被迷住了。”

奎尔伯爵买下了一块15公顷、高度落差60米的山地，最初他的设想是把这里变成一个充满幻想色彩的公园。

他赏识高迪，交给高迪设计。

他想把这一片区域打造成高级住宅区，花了14年时间，共造了60栋住宅，可是当时出门没有现代车代步，交通极其不方便，因此只卖出了2栋，其中一栋还是高迪买下的（即如今的粉色的高迪博物馆）。

富人们不方便，穷人们住不起，这个项目在商业尝试上完全失败了，如今却被载入《世界文化遗产名录》，并成为巴塞罗那最经典的代表建筑之一。

奎尔伯爵将它捐给了巴塞罗那市政府，1926年开始，免费向公众开放，成为巴塞罗那最早的城市花园。1984年，奎尔公园成为世界文化遗产。不过，当地政府正在商讨，向非巴塞罗那常住人口收取5欧元的门票，用作公园的日常维护。

公园的入口处，有一栋姜饼一样的童话式小楼。供门卫以及办公人员使用，一楼售卖旅行纪念品。往里走，顺着大台阶，迎接你的将是彩色的大蜥蜴。继续走，

面前出现一个满是柱子的广场，广场后有一个古希腊式的剧场，在这儿常常能看见民间艺人表演竖琴，音乐唯美。绕过广场，是有着蜿蜒的五彩座椅的屋顶，在这里，你可以眺望巴塞罗那整座城。

步入这个光怪陆离的梦幻世界，游客们纷纷感觉自己进入了五颜六色、房屋造型奇特的童话世界。

在你面前的明明是台阶、避雨亭、广场，可你看见的居然是天空、水面、山脉和植物。贴在椅子上的瓷砖，随意拼在一起，却不突兀，巧夺天工。当年高迪和工人们特地把瓷砖打碎，然后粘贴在一起，没有两处花纹是一样的，这简直就是大自然创造的，有灵性的存在。这椅子跟周围的一切融合在一起，美极了。如果你留心像长蛇一样蜿蜒的椅子，它们的高度、背部的弧度，还有相距的空间，感觉都恰到好处。上面的马赛克拼贴，是用了整整3年时间才完成的。

因为是在巴塞罗那的高地上，所以可以在此眺望这座奇怪的美丽城市，远处海岸线与天空融合在一起，色彩斑斓的建筑在眼前形态各异，彩色屋顶上的马赛克反射着彩色的光。

公园分为两个部分，从大门走进去，路过奎尔广场，有86根柱子，以及蛇形蜿蜒的眺望台，大部分是彩色的。往里走是大片的树林，有着棕榈树、角豆树和松树。林间有着用弧线石头铺的石板以及凉亭，大都用的是原始的石料，有些阴森，因为还没有来得及铺上彩色的瓷砖。

这里处处有艺人，他们拉提琴、唱歌，音效非常好。有一次和朋友就在一座凉亭里，听着一个乐手表演非洲乐器，我们被迷住了，直到天完全黑，公园要关门，我们才想到要离开。

无论是晴天、阴天还是雨天，无论是早晨、中午、傍晚还是黑夜，每一天每一个时刻，这里的风景都是不断改变的。

奎尔公园的价值还在于它是巴塞罗那公共艺术的典范。公共艺术，不仅仅是指陈列于城市的公共空间中的艺术作品，更重要的是，它是面向一座城市中的所有市民的，是百姓生活的一部分。在城市规划专家的眼中，巴塞罗那公共艺术思想的形成有两个非常重要的代表人物——作为艺术天才的建筑师安东尼奥·高迪，还有他的投资人奎尔伯爵。

走过奎尔公园，顺道可以去格莱西亚街区，接着坐地铁回到流浪者大街，在博盖利亚市场吃午餐，去海港散步，一路走到城市沙滩，点一杯星牌啤酒晒太阳、听海浪声，最后，坐上地铁去圣家堂，体验走出地铁转身看见教堂的震撼。

这段路，对我而言，走过了太多遍，现在每一次回忆，那些画面都在脑海里鲜活地存在着，难以抹去。

还有些地方是值得一去的。

凯旋门。我常去那里写作、晒太阳，在一旁的小酒吧里点上一杯茶、一只羊角面包，临走前去附近的中国超市买东西。它是作为 1888 年世界博览会的主要入口兴建的，用红砖砌筑，采用的是摩尔复兴风格。门楣上雕刻有“巴塞罗那欢迎各国”，在凯旋门上面，还能找到西班牙其他 49 个省的省徽。

童话般美丽的医院，圣家堂附近的圣保罗医院（Hospital de Sant Pau），地铁 5 号线直达。这家医院占据了 9 个街区的面积，其中有 12 栋现代建筑，分布在一个大花园之中，旧建筑现在用作了血库、实验室、病房。对于医院而言，这似乎并不那么稀罕，但它却被列为世界文化遗产。更重要的是，这是世界上第二古老的医院建筑，在 1401 年，由 6 所小医院组成，拥有世界最重要的医学档案遗产，并且目前还在使用中。

迷宫花园。来巴塞罗那旅行的大部分人都知道奎尔公园，却很少有人知道迷宫花园（Parc del Laberint），它是阿拉伯式和哥特式艺术的综合体，这个 18

世纪的欧式古典园林也是巴塞罗那最古老的园林，它还是电影《香水》的取景地。

最后，若是时间和经济条件允许，你还可以租一辆车，西班牙当地品牌的车，体验巴塞罗那 F1 赛道的路线。这条路线建于 1991 年，全长 4.725 公里，是公认的最接近完美的跑道，各车队都会用它来做测试。

想起来，一位巴塞罗那当地的年轻人告诉我，她想考驾照考了 10 次才成功，她说："能拿到巴塞罗那驾照上路，是多么难的事情啊！这里的路，高高低低，山路蜿蜒狭窄，可容易熄火和遇到意外了！"

旧城改造

漫步旧时光

和初抵巴塞罗那的友人散步，常会听到如此感慨：

“从格莱西亚大道地铁站走出来，太像巴黎香榭丽舍了！”

“前面我们路过的街区，要不是有山路，还真有上海居民住宅小区的感觉。”

“这一带的石板路，还有那些灰白墙壁，简直就是罗马！”

“在巴塞罗那就像回到了台北，建筑、街道都那么相似。”

……

巴塞罗那好似千面美女，每个人都能在此找到一个熟悉的影子。而对于我，它曾一度让我想到了澳门，这个同样我曾长期住过的城市。

在澳门，你可以在万分现代化、洒着香水、充满物欲的酒店里穿堂而过，随即转入街角，眼前则是传统殖民时代的矮房还有庙宇。

老社区、老建筑和新建筑的融合，毫无突兀感，恰到好处。和澳门一样，受到国际建筑界的公认，巴塞罗那是将古代文明和现代文明结合得最完美的城市。

现代巴塞罗那之父

有人评价：“相比高迪创造的那个绚烂的巴塞罗那，塞达为巴塞罗那做的那一版方格网状规划更具史诗意义，奠定了巴塞罗那现代都市的基础。”

塞达这个名字，我已经不止一次听到了。一查，原来他被誉为“现代巴塞罗那之父”。

15 世纪时，商业贸易繁荣昌盛，巴塞罗那的城市规模日渐扩大。工业革命的影响、人口密度的增加以及财富的不断聚集，使巴塞罗那这个有 2000 年历史的地中海港口小镇，迎来了它的新时代，中世纪留下的城墙被拆除，城市空间的扩张发展已势不可当。

奠定现代巴塞罗那格局的，正是 1859 年塞达的“巴塞罗那城市扩张规划”。

1859 年，45 岁的加泰罗尼亚建筑师塞达，提出了他的“巴塞罗那扩张规划”，塞达的规划思想是避开老城，另建新区，以棋盘式的路网构建城市的新骨架，以对角线布置的大街将新区与老城区以及邻近的小城镇联结成为一个新型的工商业城市。

规划特色是棋盘的方块均有 20 米宽的 4 个大切角，使四角形方块成为八角形，而在八角形地块的十字交叉口留下了一块可观的公共空间。时至今日，每个转角都成了街道活动的重要地点，同时也起到了减轻交通负荷的作用。

虽然塞达的规划思想并没有完全被接受，在西班牙巴塞罗那以外的地区也没有得到推广，而他本人 61 岁时在贫困疾苦中死去，但从 1880 年开始，塞达的规划使得之后的加泰罗尼亚现代主义建筑风潮有了良好的落脚点。

这个具有前卫性的城市规划方案奠定了巴塞罗那的现代城市格局，塞达也因之被后人尊称为“现代巴塞罗那之父”。

改造项目

在加泰罗尼亚广场，穿过流浪者大街，往旁边任意一条小巷里面一钻，就是罗马旧城区了。在这里，你可以看见13世纪的大教堂，中世纪的灰色石头所建造的哥特式住宅。

这一切都归功于20世纪80年代巴塞罗那对于旧城区的大规模改造。也有专家曾指出，多亏了1992年主办奥运会的机会，巴塞罗那用6年时间筹备奥运会，在此期间，2772座建筑被翻新，政府又出资建立了450个市政公园。

不过，这一切更要归功于170年前这个城市非常有远见地立法保护老建筑。

当地历史建筑与艺术遗产保护局局长约迪•罗根特说：“毕加索的画，米罗的雕塑，摆放在哪里，都是一样地珍贵，但历史建筑不一样，放在巴塞罗那和放在马德里，它的意义和价值绝对不一样，所以要设法保护每一座有价值的老房子。”

于是，200多栋老房子，每一扇窗户、每一面墙壁，都被详细记录在案，并且被公开在了巴塞罗那政府网站上，可以查询到地址和改造的具体信息。

在巴塞罗那，所有需要保护的建筑分为A、B、C、D4个等级。

D等级的大部分都是老巴塞罗那人的住宅，虽然不具备文物和历史价值，但是很多当地人的回忆所在(如同弄堂之于上海人，胡同之于北京人)。一条街道，老人们在童年奔跑玩耍过的地方；一座小花园，父母辈曾经恋爱牵手走过的地方，都不会被随意拆除。

拆迁在巴塞罗那

拆迁在中国是一个令政府头疼的话题，在巴塞罗那，同样是个问题，但却没有那么严重。

如果要拆除一片区域，当地的住户会被就近安置。他们还是住在以前的区域内，熟悉的街道、熟悉的小酒吧、熟悉的邻居、熟悉的超市、熟悉的家庭医生。

况且，被拆的房子是到了不拆不行、非常危险的地步，环境也差到无法居住的程度。经常是几家人共用同一个浴室，又临近商业中心，人口繁杂、街道狭窄，很容易发生犯罪事件。

巴塞罗那最古老最中心的城区名为 Ciutat Vella，它的改造项目是由巴塞罗那历史中心区推广有限公司负责，该公司的办公室就设立在一座保护完好的古建筑内。

在巴塞罗那，旧城改造项目并不完全属于政府，是由不同公司开发的，公私合营，投资六成来自政府，三成来自银行、服务业和电信公司，剩下的来自私人。

古罗马人的遗址、哥特式建筑、上百年的教堂，绝对不能拆，但可以修整，并继续投入使用。这些建筑在修缮时外墙都是一定被保留的。

多亏了分级制度和不同利益结合的旧城改造项目，巴塞罗那的老城区被精心保留，简直是一个活生生的建筑博物馆。

嘉倩

小土豆的生日趴，happy birthday ！

2 分钟前

谦逊是不属于我的美德

1

她第一次知道达利，是因为那幅《蒙娜丽莎》，居然被人画上了小胡子，上扬着骄傲，搭配着甜美的笑容，似欲征服全世界。

再一次遇见，她正在巴塞罗那市中心一栋古老房子的最顶层，每天过着朝十晚七的上班族生活。在办公桌前，她埋头敲打着键盘，这一周轮到她写一篇介绍巴塞罗那艺术家的博客。

除了高迪之外，巴塞罗那还有什么响当当的人物呢?

她咬着笔头，脑子里蹦上来这个似曾相识的名字，依稀记得是个西班牙人。一查资料，太棒了！他来自加泰罗尼亚，和巴塞罗那有着千丝万缕的关系。点击几幅他的作品，她没有看懂，只对那扭曲的钟记忆深刻，却也并无多大感想。

于是，为了工作的需要，她泡了杯茶，去阳台晒了一会儿巴塞罗那一如既往热烈的阳光，伸了个懒腰，回到办公桌前正襟危坐，读他的生平简介。

“这个叫达利的，和高迪是两种完全不同风格的艺术家。高迪一生甘愿过简单朴素的生活，从未离开过加泰罗尼亚。可这一位享尽荣华富贵，恨不得满大街是他的新闻报道，又机灵得很，遇到了事，立刻跑去另一个国家。”

回家路上，她和同事用愤恨的语气总结说道，让她自己也吓了一跳，她对达利没有好感。

2

后来，日志写完了，印象也就淡去了。直到4月的一个周末，她决定去达利的家乡，那一座白色的小镇走走。

她没有去达利博物馆，所以没有看到朋友强烈推荐的“会跳动的宝石”。还记得那天，她和朋友坐在街边喝饮料，朋友说到了达利，两眼发光，“你一定要去看达利给他老婆设计的项链啊！那是一颗会动的珠宝，简直可以说是有生命的。是心形的，中间是红宝石，纯黄金外壳，红心会一收一缩，有节奏地

跳动！在这个世界上，再也找不到第二颗。”

“那他很爱他老婆？”她问。

“别以为艺术家就一定像毕加索那样多情，或者像高迪那样孤独终老，达利一生的挚爱唯有加拉！你想想啊，他俩现在都已经不在人世间，可是，这一颗红心将永远跳动，多感人。”朋友沉溺在了自己营造的柔情氛围中……

为什么没有去博物馆？因为那一整天，她都在达利和加拉的小屋里。

那个有回声的密闭小房，那个创作的地方，那个梦中实验作画的地方……每一处，她都停下脚步，拼命幻想：这个嚣张的家伙，他曾在这里热烈地爱过一个女人，他曾在这里作出了震惊世界的作品，他曾在这里高傲地书写了他的自传。

隔着时空，如此接近，她似乎不那么讨厌，甚至有些喜欢达利了。

3

他的全名是萨尔瓦多•多明哥•菲利普•哈辛托•达利•多梅内克。

达利曾在自传开头写道：“我的名字‘萨尔瓦多’，就是‘救世主’的意思。”后人读到此句，立刻骂起来，这个狂妄的家伙！但是，他不过是陈述事实而已，如果回头看历史，哥伦布在1492年登陆美洲的第一片土地，将其命名为“圣萨尔瓦多”，在西班牙语中，意思就是“圣救世主”。

1904年，达利出生在位于加泰罗尼亚的菲格拉斯小镇，距离法国不到16英里。

这个小男孩，10岁开始爱上画画。出现在画板中最多的就是菲格拉斯的风景。13岁那年，父亲在家为他办了一场小画展，邻居和亲朋好友们看了之后，好评不断。

即便父亲是个公证员，不理解艺术，他依然为达利创造了一个无忧无虑的成长环境，全力支持小达利追逐梦想，做喜欢的事情。他甚至在附近的小渔村为达利建造了一间工作室。

父亲对达利十分宠爱，一次，达利被鱼刺卡住，父亲急得没有办法，抱着脑袋跑到过道里去了。后来，这个调皮的小男孩一次又一次地假装抽搐、咳嗽、喘气，只是为了观看父亲抱头跑开的狼狈样子，他兴高采烈地欣赏着。

这让我不由想到了另一个巴塞罗那画家米罗，他的境遇截然不同。米罗从小热爱绘画，可家里希望他做一个稳当的公务员，认为当艺术家是一件离经叛道的事。

不过，父亲的爱是能够理解的，因为达利是“第三个萨尔瓦多”。父亲的名字也是萨尔瓦多，达利从未谋面的哥哥同样也叫萨尔瓦多。

这个哥哥，在达利出生前 9 个月就去世了，父母亲认为这是一件不可思议的事，甚至将这第二个儿子当成是大儿子转世。失去过才会知道珍惜，失而复得的喜悦，让他们对于这个独子宠爱有加。

研究他的专家得出结论，达利从小被暗示是哥哥的转世，所以他对于死亡这个黑暗话题很感兴趣，如此我们也就能够理解为什么在他的画作中，时常会出现腐烂的尸体。“当时我即已喜欢如今我喜欢的东西：软弱、衰老和奢华。”（摘自达利自传）达利 7 岁前的体验，向他打开了超现实主义的大门。

17 岁的时候，达利母亲去世，父亲不久娶了母亲的妹妹。面对眼前混乱的生活，达利迫切地想要离家，于是，第 2 年他去了马德里，在圣费尔南多美术学院就读。

大学时光，达利经常一个人锁在屋里创作，周围的同学好奇地去看他的作品，立刻被震撼，达利成了学校的名人。不过，使他成为话题人物的，还是他 22 岁

时的惊人之举。期末考试的时候，有一门口试，是关于拉斐尔。达利对考官说：“我对这个话题，了解得比你多得多，因此不屑于和你说。”随即转身走人。

后来，人们对此津津乐道的一个话题就是，这个拥有如此世界影响力的画家，居然连正式的艺术学位都没有！

不过，再多的传奇，也比不上他在25岁时，那一次平凡却又有着决定意义的相遇。

4

那是1929年一个阳光明媚的夏天，他的诗人好友前来造访，来的是法国鼎鼎大名的保罗·艾吕雅，同时前来的还有保罗的妻子加拉，她也是个诗人，一个美丽的俄罗斯女人。

目光相交的第一眼，达利便疯狂地爱上了这个比他大 9 岁的少妇。

加拉，果不其然就是达利的缪斯女神，在相遇的这一年，达利创作了电影《一条安达鲁狗》，正式加入了巴黎的超现实主义组织。

估计大部分人看完这部电影，都是云里雾里的吧，只是被那些充满创意的画面震撼：一群蚂蚁从男主角手掌上的一个洞中爬出来，男主角拉着一架塞满骡子尸体的钢琴横穿过房间，一双手从墙洞中伸出来摇着鸡尾酒的调酒器……

这也难怪，达利在撰写剧本时，只有一个简单的原则：影片不表达特定的思想，所有的画面都是不合理的，也没有心理或文化上的解释。还有一个坚定的信念：我不是空着两只手到那里去，我将找到工作，我将占领巴黎！

电影在法国上映了 8 个月，轰动一时，甚至毕加索也出席了首映会。

达利的艺术生涯日渐步上正轨，同时，正如同达利写过的，“什么东西一旦成为我的习惯，就会伴随终身”，他的爱情之花绽放了。

经过 5 年的挣扎和努力，加拉来到达利身边，两人结婚，一直相伴到最后。其间面对了许多考验，尤其达利父亲不满这一桩婚姻，达利依然坚持要把加拉

娶进门，于是父亲一怒之下将他赶出家门，父子俩 30 年没有说过话。

有人问加拉，是什么时候决定和达利在一起的？不会觉得这个人是疯子吗？

她笑着回答，达利身上有这世上的人们早已失去了的纯真，并且只有达利才能彻底改变她的人生。

达利一生中，大部分作品的模特都是加拉，他从这个深爱的女人身上，获得了无穷无尽的创意和激情。他说：“单是这个想法就会使我发疯：画室里，我的身边将有一个女人，一个真正的、鲜活的、带着种种怪癖的女人，皮肤上长着像桃子上的那种茸毛。”

加拉，她的名字和达利，以及达利的艺术永远紧紧联系在了一起。

1982 年加拉离世，从此，达利再也没有拿起过画笔，整天把自己关在他俩的小屋里。7 年后，在春天即将到来的时候，达利永远向世间作别，那颗心形红宝石依然在跳动着。

5

38岁的达利，着手书写自传《萨尔瓦多·达利的秘密生活》。

“我6岁想当厨娘，7岁想当拿破仑。从此，我的野心与日俱增。”“每天早晨醒来，我都在体验一次极度的快乐，那就是成为达利的快乐。”“富有洞察力的读者想必已经猜到，谦逊并不是我的美德。”

达尼埃尔·麦若科曾经对比与分析过高迪与达利，他写道：“他们的名字预言了各自的一生，‘高迪’的意思是享受钻研，而‘达利’的意思是被强烈的欲望和冲动所推动。”

历史学家如此评价达利：“他的名气主要归结于他自我推销的天分，更在于他富于奇想的特殊才能。”

而她作为一个艺术门外汉，想加上一句，达利还是个加泰罗尼亚的典型帅哥，深情无限，激情无限！

他能够将没有关联的事物毫无逻辑地联系在一起进行创作，甚至将梦境转化成为现实。在他70年的艺术生涯中，他不断地震撼着这个世界。

她徘徊在达利和加拉的小屋里，一遍遍回忆起达利的自传里写过的片段：

“一天晚上我突然感到疲乏，头有点痛……我已经伸手去关灯了，可是突然看到了答案！我看到了一个流淌的钟：它非常难看地挂在树枝上。我强忍住变得剧烈的头痛，俯向调色板，动手画起来。2个小时后，到加拉快回来时，我这幅最著名的画已经完成了。”

“‘你怎么看，3年之后还会有人记得这幅画吗？’我问。”

“加拉回答：‘凡是看到它的人，都会永远记住它！’”

几天之后，这幅流淌的钟的作品，被一个偶然到这里来的美国人买走了，他给它取名为《难以消除的记忆》。画面背景是平静的风景，有一只柔软的、正在融化的表。机械从来就是达利的敌人，至于钟表，它们注定要消亡或者根本不存在。

若干年后，这幅画成为了达利最著名的作品，他说过的“疯子”言论，再次于现实中得到证实：“任何伟大的发现都是无意中完成的！”

达利自然是听过那些评论家的酸言酸语的，他的回应却是如此平静：“让投机钻营者用他们充满嫉妒的诽谤去为我铺设通往荣誉的道路吧。我不害怕流言蜚语，而当流言蜚语放到我面前的盘子里时，我就观察它，认认真真地研究它，自然从中获得不少益处。”

还有什么理由不去轰轰烈烈做自己呢？他人笑也好，骂也好，我们都要有朝天的胡须和夺不走的自信。

6

多亏了达利，这一座宁静安详的巴塞罗那附近的小镇也跟着举世闻名。

达利深爱着这里。他在自传中写过：“一回到加达凯斯，童年就涌现在我的眼前。中小学的7年、马德里的3年，还有巴黎的生活，突然全都落进浓雾中，消失得无影无踪。”“我总是在地中海加达凯斯的一个有着雪白墙壁的镇上度假。我一辈子都忠于加达凯斯，这种忠诚与年俱增，越来越强烈。毫不夸大地说，我记得这里所有的岩画、岸边所有的曲折之处、加达凯斯的所有地层以及它灿

烂的阳光。因为我日复一日地独自漫游其中，这些冰冷的岩石和闪光的地方，此地风景的本质和核心，乃是我永远得不到满足的爱情的主角和惊恐紧张的悲剧舞台。”

夏天一到，对达利来说，在加达凯斯的美学课就开始了。

值得一提的是，在法国和西班牙交界处的海滨小镇，也就是达利居住的地方再开车一个小时，就可抵达 Port Bou。这里也与一个历史人物相关——瓦尔特•本雅明，法国著名的哲学家和作家。这个德国犹太人，有着“欧洲最后一名知识分子”的雅号。

为了逃避盖世太保的追踪，他跨越了比利牛斯山，一路逃到这里，但最终还是被捕，他选择了自杀。

历史真有趣，同样作为加泰罗尼亚制造、扬名全世界的艺术家，达利对高迪是极力推崇的，他还曾为高迪写过一本书。

于是，站在达利家门口，她幻想着，若本雅明还活着，前去邻村的达利家串门，他俩之间又会有怎样的对话呢?

离开的时候，她坐在车上，想起达利写过的一段话：“公路蜿蜒曲折，盘旋得越来越高，每次转弯时都远远看见下面的加达凯斯。到最后一次转弯时它竟成了一个小白点。喜爱这座城市的行路人此时一定会回过头来，向它投去告别的一瞥，似乎表示还会回来。”

她回过头，黄昏的阳光温柔地抚过脸庞。

每个城区都有自己的性格

9 年前，有一个 22 岁的男孩，从寒冷的加拿大来到巴塞罗那，在商学院读 MBA。毕业那一年，他问自己：“所以，接下来要回家吗？”

踏上飞机的一刻，他依然是犹豫的。当飞机在跑道上加速，一飞冲天时，他瞥向窗外，看见那一片熟悉的蓝天大海，他发现自己早已经爱上了巴塞罗那。

再次回到这片土地，他就没有离开过。他在这里创办了一家房屋租售公司，同时又提供各类旅行信息。他每天骑着摩托车，见来自世界各地的人，带他们看房。这些人大都是第一次来到这里，又与游客不同，因为他们会在巴塞罗那生活一段时间。

他做着他喜欢的事情，在他喜欢的城市里。

他是我的老板，本杰明。

第一次见到他，我还以为他是个会说流利英文的西班牙人，卷曲的深褐色头发，留着浓密络腮胡，长相非常西班牙化。

这让我想到一个人，我们在土耳其和叙利亚边境的小镇遇见。在那儿见到外国游客是一件很稀罕的事，所以当我听说这里居然住了一个美国人时，立刻决定拜访结识。当地人都认识他，他已经在这里生活了 2 年。

我问他：“为什么会出现在这里？”

他坐在小板凳上，捧着土耳其茶说：“很多年以前，我还是个学生时旅行路过此地，便爱上了这里，所以现在我回来了。”

真是羡慕这样的人！他们找到了自己的归属地。

我加入的时候，已经是本杰明公司成立的第7个年头。即便西班牙经济不好，但巴塞罗那始终是这里最富饶的城市，每个月源源不断的新游客和新住户，令旅游业从未衰败过。

一周工作5天，其中有一天我不在办公室，任务是带着相机，游走在巴塞罗那街头，手拿地图，根据本杰明划给我的区域和圈出来的重点街区，边走边摄影。有时候，则是找寻灵感，为公司写关于巴塞罗那的博客。

有一周，本杰明兴奋地把地图递给我，说：“今天你要去的地方，是我最喜欢的城区，格莱西亚。”

“咦？我记得每次有人打来电话咨询，问哪里是巴塞罗那最适合住的城区，你好像也回答是格莱西亚。”接过地图，我调试着相机说道。

“是啊！就是那儿。反正，在巴塞罗那选住的地方，最好就是那里了。永远别选海边，又贵，小偷又多，不安全！”本杰明很有经验地说道。

当我来到了格莱西亚，很快懂了本杰明的意思。这里离海边有一定距离，但交通便捷，而且是居民区，宁静却又很方便，超市、诊所、电影院、餐馆、教堂、小酒吧……一应俱全。

本杰明说得没错，格莱西亚的确是巴塞罗那最美的街区。它的美不仅在于错落有致的房屋结构，也在于走在大街小巷，你会强烈地感受到自己身在巴塞罗那的怀抱之中。

嘉倩

猫巴士：）

NOVELL
2 tapas
paella
o/or
pizza
o/or
Spaghetti
9,95€

Barcelona
Bus Turistic

BAR
CEL
ONA

2 分钟前

同样，在城市内细分的城区，也各自有着独特色彩，有着鲜明的个性。

Gotico，巴塞罗那中世纪风格的哥特老城区，位于流浪者大街的东侧，被誉为巴塞罗那古典与现代完美结合的典范。行走完整个街区仅需半个小时，可见其面积之小，但麻雀虽小五脏俱全，这里有历史久远、气势恢宏的哥特式教堂，周围还有各式各样的精美小店，有古董店、冰淇淋店、巧克力店、潮流服饰店，也有民族风衣饰小店。

Eixample，在西班牙语里的意思为“笔直的街道”，因为这里是西班牙第一个实行有计划地规划城市建筑群的区域。这里恐怕可以称得上是巴塞罗那最大最有名的街区，与刚才提到的哥特区不同，这里属于巴塞罗那新城区，非常时髦。街道都很干净整洁，安全系数很高，交通也很方便。高迪大师的著名作品米拉之家与圣家堂就坐落在这条街区中。

Borne，这里被誉为巴塞罗那最酷的城区，因为这里是众多嬉皮士的聚集地，这里有欧洲最大的集市、各式菜色的餐馆还有酒吧。El Borne 距离海滩很近，并且去城堡公园也只需要行走 5 分钟左右。

Raval，被各地游客戏称为“Dodgy”城区，因为这条街区相对而言比较肮脏，空气里弥漫着臭味，也容易让人迷失。许多当地人也不喜欢住在其中，因此周围的物价，包括房价相对低廉，吸引了许多不同国籍的人居住，尤其是阿拉伯国家的人们，他们行走其间，听着周围的阿拉伯语，看着两旁的阿拉伯小店。需要注意的是，这里不适宜夜晚单独行走，因为经常发生盗窃抢劫案件。

格莱西亚，一个人的好天气

我常常会为一个人前来巴塞罗那旅行的朋友感到可惜。

这是一座太过热闹的城市，它容不下一点寂寞。无论是白天热闹拥挤的街头，还是夜晚歌舞喧嚣的迪斯科，即便是到了凌晨，仍有还不尽兴的男男女女，簇拥着在街头醉酒欢唱。

浪漫的巴黎，铁塔下拥吻的恋人；浪漫的上海，情侣十指相扣走过甜爱路；浪漫的布鲁塞尔，广场上铺满了鲜花；浪漫的阿姆斯特丹，自行车后座上有着多少幸福欢笑；浪漫的都柏林，宽敞偌大的街道，爱尔兰美丽的音乐；浪漫的哥本哈根，童话的起源地，安徒生点燃了女孩的爱情梦想……

Barcelona，以a结尾，在西班牙语中为阴性词，于是人们经常会自然地用“她”来称呼这座独一无二的城市。她的浪漫是让人轻而易举就能沉沦的。工作时，和同事讨论那么多人选择来巴塞罗那读书与生活的10条理由。

想到第10条，于是不约而同地在电脑上打上这段话：

“Babe, just because this is Barcelona!”

在这里，时间就像是达利融化的钟，秒针不再旁若无人、肆无忌惮地奔走，它，融化在巴塞罗那一如既往的艳阳下了。

沙滩，是一定要有人一起踏浪的。博盖利亚大市场里琳琅满目、色彩斑斓的小摊，是一定要有人一同分享的。高迪公园的日落，一个人落寞的身影不免糟蹋了绚烂的童话世界。甚至在闷热的地下铁换乘，艺人那悠扬的小提琴声在耳边回荡着，一个人的脚步声听起来却也格外清晰。

我喜欢坐在圣家堂地铁口，看着一个个游客从黑暗的地下铁走出来，沿着楼梯走上街道，身体一点点侵入阳光中，随即一个转身，“啊！”

不用说话，他们的眼睛早已开始惊叹。许多一个人前来的游客，都不会继续往前走，而是拿起手机兴奋地拍照，随后发起了短信：“我从地铁站出来的时候，一回头就看到在一群小建筑中间的圣家族大教堂，不过第一个念头不是我终于到这里了，而是我很希望你也能和我一起来，所以总有一天我们会去的。”

更有人直接拨通了越洋电话：“你不能相信，我现在就在圣家堂面前！我好想你。”

挂完电话，他们眼里那一抹激动往往会一同散去，留下了许多不能分享的遗憾。

巴塞罗那，就是这样一个独自前来不免会失落的地方。可是也别难过，有这么一个地方，你一定会喜欢。

所有商店都关了门的星期天，格莱西亚城区，正是巴塞罗那最美的地方。如果你是一个人，那就最好不过了，能彻底享受这整座城市，甚至某一刻，你会觉得你拥有了它。

大名鼎鼎的高迪公园并不在市中心，而是建立在格莱西亚，并且，这里被公认是巴塞罗那最适合居住的街区。

在这里生活的，都是巴塞罗那的本地居民。

谁说商店都关门的时候就不能逛街了？对我而言，反而商店全部关了门的星期天，才是逛街的最好时机。

卷帘门上往往都是各种光怪陆离的涂鸦。这时候的街道，就是我分文不花，但是最为享受的“露天艺术画廊”。即便商铺关门，在橱窗里，还可以找到很多新奇有趣的东西。这里有很多民族风的小店，专卖印尼或者尼泊尔的衣裙、熏香。也有创意独立小店，贩卖店主亲手制作的手工艺品。

行走其中，即便再粗心的人，也会注意到格莱西亚独特的街道地面——一条平坦的柏油马路上，洒满了星星点点的白色小石子。从高迪公园远眺俯视，便可知道这座城市到底有多凌乱。屋顶高低错落，参差不齐，而且还是色彩各异的。

但格莱西亚，却是整个巴塞罗那第一个被规划的街区。它的街道笔直而略为宽敞，大楼布局稳重却精致典雅。

星期天，独立小店都关门，可是餐馆是一直开着的。很推荐这里的黎巴嫩餐厅，几欧元就能买到一块大大的料很足的黎巴嫩比萨。这些黎巴嫩餐厅往往是由移民来此的黎巴嫩一家三口开的，母亲在吧台后工作，儿女当服务生，而父亲在厨房里做菜。

当然，还有地道的日本料理可以选择。夏天的时候，门口的树长得茂盛。

主街道转角，还有一家总是门庭若市的中国餐厅，它有一个很可爱的名字——熊猫中餐馆。临走前，不要忘记去一次格莱西亚区最大的广场——总督府广场，它是巴塞罗那最漂亮的广场之一。四周的建筑都很老，大部分可以追溯到 19 世纪。广场上还有一座圣琼教堂，你可以在这里看着白鸽飞舞。18 世纪这里是宫殿，到了 1878 年成为了教堂。星期天，教堂前则是一个小市场。

格莱西亚，喜欢它点缀着白色小石子的街道地面，喜欢它有着精美雕花的居民阳台，喜欢它充满创意和惊喜的街头涂鸦，喜欢它无处不在的民族风格手工小店。

喜欢这样，一个人的好天气。

gra
cia

// 难得的下雨天

// 这座城市终于下雨了

米罗的乡愁

巴塞罗那，一个孕育梦想的土地。

受传统天主教的影响，加泰罗尼亚人是内向的，但同时，他们也是对不同文化开放包容的。1888 年的大博览会，更是将巴塞罗那树立为一个欧洲大都市的形象。

出生自这里的艺术家，似乎对于加泰罗尼亚都有一种乡愁。达利是，高迪是，米罗更是。

米罗，这个出生在巴塞罗那钟表匠的家庭、体弱多病的小男孩，自小就不喜欢读书，只爱画画。而这个平凡的家庭，理所当然地不支持他的画家梦。

14 岁那年，他被送到巴塞罗那商业学校学习经营与会计。17 岁时，为了家庭责任，他成为职员。但他一直郁郁寡欢，第 2 年患上了重病，病愈后，家人同意让他去美术学校接受系统的教育。

1919 年，他和毕加索一样，从巴塞罗那来到巴黎，终于如愿展开了绘画生涯。

在米罗的眼中，加泰罗尼亚是世界上最美丽的地方，有着美丽的地中海、浪漫的海滩、连绵的山坡、苍绿的田野。

这一股乡愁，就是在他 18 岁那年，在工作第 2 年得了重病，被送去了蒙特罗伊的农场时，渐渐产生的。他在这个加泰罗尼亚农场住了很长一段时间，从山山水水，从那密集的橄榄树林，那葡萄园散发的香气，那教堂的钟声，那阵阵海浪声中，从这一切的一切中，如同当年的高迪，获得了一辈子的灵感。

巧合的是，高迪也是在童年因为身体不好的关系，总是一个人闷在那里观察大自然。

米罗后来的绘画之路并不得志，妻子甚至有一天失控痛哭："谁会来买这玩意儿，我们要破产了。"她完全没想到，如今，米罗的每一幅画都是无价之宝；更没有想到，在米罗离世10周年的时候，也就是1993年，欧洲艺术节把那一年定为"米罗年"。

加泰罗尼亚一直萦绕在他的心中，家乡的这一切成为他的骄傲。他的作品《收割者》，展现的正是一个加泰罗尼亚农夫，这幅作品与毕加索的《格尔尼卡》相呼应，有力地反对了佛朗哥专政。

加泰罗尼亚的风景是多变的，从地中海海岸到内陆山脉和比利牛斯山，又可以从高原到雪山，再一直到火山区。人们在这里踏着浪扬帆出航，在这里穿上冲锋衣滑雪，在绿地上打高尔夫球，也在山间攀岩。甚至连美国第二任总统约翰·亚当斯，在美国独立战争时期，来到西班牙旅行时都写过："这儿有我所见过的最多的狂野、不规则的山脉。"

加泰罗尼亚，打开了住在这里的人们对于大自然的感知，没有人会在这里感到无聊。米罗的乡愁，让他在艺术的道路上走了很远。

加泰罗尼亚广场见证历史

他的故事

蒙锥克山，这座加泰罗尼亚近代史上最重要的山，风景优美，但有谁能想到，在内战时期，这里是处决政治犯的地方，有着无数冤魂。而如今，这里已成为安葬西班牙名人之地。

其中有一位，他的名字是胡安•安东尼奥•萨马兰奇。

他是一个土生土长的巴塞罗那人。生于斯，长于斯，逝于斯，最后，长眠于斯。

1920 年 7 月 17 日，他出生于巴塞罗那伊伦大街 28 号，那是一户富裕人家，他的家族搭上了工业革命的顺风车，顺应了巴塞罗那纺织业发展的趋势，成为地区内有权有势的纺织业主。

这个注定不平凡的小男孩，在小学时，他最喜欢的事情就是和舅舅曼努埃尔去看拳击，这在无形之中启蒙了他对体育的热爱。回到家，他关起门来偷偷练习。周末家庭聚会，和小伙伴们玩耍，他把这当做切磋武艺的机会，小伙伴们一个个痛得认输求饶。

9 年级的时候，他又在曲棍球中找到了乐趣，成为巴塞罗那地区小有名气的少年曲棍球手。同时，这个身强体壮的热血少年还热衷于足球、拳击和轮滑。

1936 年 7 月，佛朗哥的法西斯长枪党发动叛乱，引起了一场持续 3 年之久的残酷内战。那一年，这个小男孩已经长高长大，成为16岁的少年。他的学业和生活受到了冲击，被征入伍，成为一名战场卫生员。

1939年4月，内战结束。在这一年，他毕业于德语学院和巴塞罗那高级商业研究院。

这个“体育生”不简单，他不但是一名真正的运动员，还是一个优等生。他精通西班牙语、法语、英语、俄语及德语。从22岁开始，进入父亲的公司帮忙，天资聪慧的他，在20岁出头的年纪接手家族企业，并且，他还在西班牙皇家体育俱乐部创建了西班牙第一支旱冰球队。

后来，他平步青云，成为西班牙举足轻重的政治风云人物，一路担任西班牙体育部长、议会议员、巴塞罗那议会议长、西班牙驻苏联和蒙古大使。

巴塞罗那爱情故事

在最意气风发的时候，少年遇到了心仪的姑娘，她比他小11岁，是一位社

交名媛。

玛利亚·特雷萨·萨里萨奇，同样出生于巴塞罗那，父亲是加泰罗尼亚人，母亲是英国人，她擅长钢琴、绘画，精通加泰罗尼亚语、法语、英语、西班牙语和德语。

结婚后，玛利亚甘居二线，成为一名温柔的太太。她常为萨马兰奇准备鳕鱼加米饭，因为这是他最喜欢吃的。晚饭为他准备清汤、酸奶和水果。

在玛利亚眼中，白色上装加灰色裤子是得体的夏季着装，米色西装套服很潇洒。于是，在许多场合，细心的人会发现萨马兰奇都是穿着米色西装套服出现的。

萨马兰奇进入国际奥委会后，又一步步成为国际奥林匹克委员会主席，并在职长达 21 年。在此期间，他成功推动奥运会商业化，20 世纪 70 年代挽救国际奥委会经济危机。对于中国人而言，他是一个好朋友。他支持中国 1979 年重返国际奥林匹克，他颁发了属于中国的第一枚奖牌，他帮助中国成功申办 2008 年夏季奥运会。

这一切，都少不了玛利亚在他身后的陪伴。

虽然玛利亚对于体育并不那么热爱，甚至不那么了解，但就像许多善解人意的太太一样，她一直都在萨马兰奇身边，支持他的事业。

有人指出，正是她发挥了社交名媛的作用，周旋于各种势力之间，才帮助萨马兰奇协调了国际奥委会内部的关系。当奥运会彻底向妇女打开了大门时，国际奥委会中出现了数量相当的妇女委员，这些都离不开玛利亚的功劳。

“她是个很好的女人，我非常爱她，非常崇拜她。”

有一次，萨马兰奇从马德里回巴塞罗那，飞机发动机出现异常。

飞机颠簸得厉害，萨马兰奇在死亡面前，脑海里闪现的唯一一个人就是玛利亚。他掏出笔，在一张便条上急促地写道：

“玛利亚，我亲爱的，我爱你。任何力量都不可能把我们分开。”

他们十指相扣，从未分开过，除了死亡。

2000 年悉尼举办奥运会。玛利亚此前一直在巴塞罗那市基龙医院接受治疗，病情好转，被家人接回家中休养。不料 16 日，也就是悉尼奥运会开幕式的时候，她的病情突然恶化。

接到通知的萨马兰奇，一参加完悉尼奥运会开幕式，立刻赶到悉尼国际机场，乘坐私人飞机飞回巴塞罗那。

从悉尼到巴塞罗那，20 个小时的行程，飞机上，这个 80 岁的老人双目紧闭，一直在祈祷。

抵达巴塞罗那，熟悉的海风吹来，欢迎着他回家，可没想到，他听到的第一句话是“玛利亚去世了”。他落下了泪，最终没有机会见到爱人的最后一面。

后来记者采访萨马兰奇，他说：“她是好女人，我非常爱她，非常崇拜她。”

1992 年巴塞罗那奥运会

2010 年 4 月的一天，巴塞罗那的阳光一如既往地灿烂，萨马兰奇在这阳光中告别了人世，享年 89 岁。

人们会永远记住他，不仅仅因为他为世界带来的影响和改变，更因为他作为一个巴塞罗那人，给自己的家乡带来了巨大的改变。

历史回到 1986 年，巴塞罗那获得第 25 届奥运会主办权，打败了同时申请

地铁站

的巴黎、阿姆斯特丹、布里斯班，也得到了城市改造的契机。

所有人都知道这意味着什么，1888年和1929年，两届世博会在巴塞罗那成功举行，曾让这座城市获得了巨大的发展。

在准备期间，政府耗资362亿比塞塔（当时的货币）建成了5公里长的海滨沙滩，改建了港口和飞机场，修建了2条环形公路、2条隧道，升级了城市的排水系统，也建立了提供水、电、气和电话服务的系统。

1992年，奥运会的举办，成功地帮助巴塞罗那从80年代的经济危机中复苏。

漫步加泰罗尼亚广场

这里是最市中心的市中心。

一半以上的地铁线路会经过这里，巴塞罗那大型的城市活动会在这里举行，几乎每周在这里都会有一场大型聚会，游行示威也是从这里出发的。广场上的鸽子不怕人，它们都被游客们宠爱着，喂养得只只肥硕，甚至飞不起来。

加泰罗尼亚广场，曾见证过多少历史，见证过多少代巴塞罗那人的生老病死。太阳底下无新事，宠辱不惊的包容令人震撼。

纵观历史，因为融合，在西班牙，他们似乎总是更懂得宽容与团结。

中世纪，黑暗时期的欧洲，文化衰弱，人们发现只有西班牙还能学习古典文化和科学技术，并且有非常宽容的环境。于是，很多人前去西班牙求学，探讨学问，研究科学。文献由阿拉伯人分享提供，他们引进了数学、医学、文学、植物学、天文学和哲学。

如今，2004年恐怖袭击，历史上破天荒的一次，西班牙政府为200名受难者举行了历史上第一次平民的国葬。在教堂里，分别摆放了代表天主教、伊斯兰教和犹太教的十字架、新月和大卫六角星。

西班牙内战时期，巴塞罗那受到大面积炸弹狂轰滥炸，变成一片空城，弥漫着恐慌和死亡气息。3 年内战死了 100 万人，处死了 20 万，流亡国外的人近 50 万。巴塞罗那每天至少有 100 人被枪毙。90% 的冤死者，在死的时候根本不知道自己为什么而死。西班牙电影《蝴蝶的舌头》，正是记录了当时发生的事，看过后无比感慨，中国和西班牙的历史是如此相像！

1939 年 1 月 26 日，巴塞罗那在内战中不战而降。佛朗哥军队进入巴塞罗那，在加泰罗尼亚广场举行感恩弥撒。

一说到佛朗哥，大部分的巴塞罗那人都会保持沉默。历史不知道如何定位这个人，虽然内战让西班牙人民不聊生，但后来在世界大战时期，却又是因为有了佛朗哥，西班牙才远离了法西斯，远离了“二战”。

加泰罗尼亚广场，见证了西班牙成为人类历史上第一个横跨五大洲的帝国；见证了殖民时代，西班牙成为最富有的王朝；见证了 20 世纪最残酷的内战战场；见证了西班牙日渐衰弱，成为欧洲最贫困的国家；见证了霸占华尔街示威游行；见证了警察殴打大学生事件后，嬉皮士长期建帐篷睡在市中心抗议；见证了每年的国际枕头大战日，年轻人手持鹅毛枕头嬉闹……

历史，未来

回忆 1992 年，那一年，巴塞罗那的经济逐步繁荣，是当时欧洲变化最快的城市，就业率大幅度提高。

奥运会改变了这座城市，人们以为，从此再也不会有战争，再也不会有贫困，日子会过得越来越好。却没有想到，20 年之后，巴塞罗那又陷入了低谷。

加泰罗尼亚广场，从见证昔日狂欢派对，到一个个年轻人找不到工作，梦想没有出口，垂头丧气地走在阳光下。他们的朋友不得不远走他乡。我在北京的 798，见到了一群西班牙人，他们看起来刚大学毕业的样子，我问他们为什么来到这里，他们摇着头：“想家，但回家找不到工作。”

可是，毕竟那里是家，还是有很多人会留下来的，哪怕端盘子，哪怕当群众演员，哪怕做一份无收入的志愿者工作。未来因为还未到来，所以可以慢慢来，他们在等待着改变的到来。

最近有新闻报道，巴塞罗那正在建设游乐场、主题公园以及豪华酒店，希望能够创造 2 万个工作岗位。

留在那里的年轻人们，心里都有一份对未来的期望，生活还在继续着。似乎不需要担心那么多，就好像加泰罗尼亚广场，见证了那么多历史的变迁，每次，我们以为日子再也过不下去的时候，还不是一样挺了过去。

这次也一样吧！

嘉倩

给你们讲个故事……

算了，还是拍出来吧。

2 分钟前

我已经
用力
喜欢过你了
I've tried to
like you

快乐的乞丐

我从未鼓起勇气和他说话。

他每天穿得很干净，看样子是西班牙人。棕色头发梳得一丝不苟，一看也是定期去修剪的，胡子剃得很干净，并不似流浪汉常见的邋遢。他每天有固定时间，从白天到傍晚，就坐在加泰罗尼亚广场的地铁口，恰好在外面阳光照得到的部分和地铁深不见底的阴暗的交界处。

大部分时间，他坐在阳光底下。

加泰罗尼亚广场地铁站是整个巴塞罗那的中心，甚至可以说是整个加泰罗尼亚的正中心，每天川流不息。

他总是在那里很开心地笑，把随身的小半导体收音机开得很响。

他喜欢新闻，不喜欢流行音乐，他所有的家当就在他旁边，一袋厚重的行李，面前一只碗，虽说不会堆满，但看到一枚枚硬币闪闪发光，令人安心。

我每天都会见到他，基本上所有住在巴塞罗那的人也都见过他，甚至那些拿着相机一脸激动的游客也大半都曾在他面前路过。

因为他总是坐在那里，成为地铁的一部分，成为巴塞罗那的一个地标，无论何年何月。爱说故事的人，可以编造一个故事，说这个男人有个在等待他的爱人。

又况且，他的确拥有一张有故事的脸。

快要到圣诞了，大家都穿得很严实，他更是把自己打理得干干净净。乞丐和流浪汉我见多了，却从没看见过像他这样绅士的。这些日子，他穿着简单的牛仔裤，一双洗旧了的球鞋，但不脏也不黑，一件白色的衬衫，外面加一件奶黄色的毛衣，头发依旧整洁，也不发油。

他留起了络腮胡，看起来比原来成熟了一点，但也就约莫30岁的样子，不显得邋遢，反而很有味道。

即使现在已是深冬，他也不穿外套，因为巴塞罗那的地铁总是闷热。要知道，夏天大家最不愿意的，就是在加泰罗尼亚广场站等候火车或地铁，这里根本不通风。

冬天呢，暖和到一进去地铁站不脱外套就会闷热得流汗，这里自然是流浪汉的好去处。

广播里时不时放起圣诞歌，或是主持人欢天喜地的贺词，而他，也依旧开开心心的，依旧坐在地铁门口的交界处，这里可以躲雨也可以躲太阳。

他看人的时候，不会让你感到不舒服。常有乞丐，让你在和他有眼神接触时就立刻闪开，觉得愧疚或者仅是嫌弃。而他看着你，透着一股纯真。

圣诞越来越近，这个快乐的男人每天还是像上班一样，带着厚重的行李来到地铁站门口，播放他的小收音机。

我好奇，他每天在看些什么，他每天在微笑些什么，他每天在思考什么，他每天在期待些什么，他身在市中心最热闹的地方，会不会觉得孤单。总是坐在那里，会厌倦吗?

圣诞那几天，他在自己的碗里放了用彩色纸包好的糖果，他坐在那里闭眼听广播，也不再看人了。常有无邪的小孩子扭捏着跑过去看看他，好似认为他

也是流浪者大街上的艺人，他会突然睁开眼吓唬他们。也会有一群群轻狂爱惹事的青年跑去开他的玩笑。

他就在圣诞的热闹里，听着喧闹的人群的声音从远到近，再从近到远。

他每天一定看到很多人，为了来到这座城市的最中心而兴奋万分。他每天一定看到很多人，拿着地图打扮得隆重漂亮。他每天一定看到很多人，为了吃一口面包而贼头贼脑地跟在亚洲游客身后。他每天一定看到很多人，穿着西装打着领带挺着肚子发出这一天唯一真诚的声音：饱嗝。他每天一定看到很多人，才 20 出头刚毕业就面临失业，依然带着一脸希望，穿着借来的正装去参加面试。他每天一定看到很多人，被拒绝太多次后还不灰心地打电话给远方的家人说自己一切都好。他每天一定看到很多人，带着类似的身份看着他。

他每天一定看到很多人，其中还有一个中国女孩，从未和他说过话，但总在猜测他的人生，有些疑惑，也有些羡慕。

一座不适合一夜情的城市

每次读到类似于《人一辈子要去的100个地方》或者《背包旅行攻略——一个月游遍整个欧洲》这样的书，常会感到疑惑。如果仅仅是为了收集“去了多少地方”，或者仅仅是为了看美景，拍点照片，匆忙地徘徊在一个又一个名胜之中，总觉得那不是旅行，而是一夜情。

唔……没说错……是啊，我们许多人和一个又一个城市有过一夜情，仅为了说出那句“我去过那里”。

譬如，那些符号化的著名城市，势必要列在单子里，浪漫的巴黎、开放的阿姆斯特丹、哲学圣地雅典。安排一周的行程，每个城市两天一夜。

首先到了巴黎，匆匆忙忙根据脑海里或者攻略书之中的一条“必去浪漫经典”，排队登铁塔，吃一顿法餐，在卢浮宫转一圈，到凯旋门下拍一张照，在香榭丽舍购物，回去后其实浪不浪漫都无所谓了，因为神秘的大名鼎鼎的巴黎早已被自己占有过。

第二站阿姆斯特丹，绕过了一条条运河，终于抵达了红灯区，逛街似的浏览胸部如同篮球一般的橱窗女郎，到一旁的唐人街品尝一番异国的家乡美食，然后去各大博物馆参观真迹，接近尾声了，千篇一律地逛街。

最后雅典，兴奋地下飞机，乘机场大巴到了市中心，远远地就激动地感慨：

啊！总算见到了魂牵梦萦的卫城。上山拍照，去山脚的博物馆，傍晚看市政厅的换岗仪式，夜晚在地道的餐馆吃希腊的 Pita，口里嚼着橄榄。留宿的夜晚，在酒店发现经典的地方一一都去过，照也拍好了，无事可做，然后还是去逛街。

我常常想，那些追求短时间游览完一切景点的游客，被他们看过的景物一定很寂寞吧！

它们的存在，只是因为某个其他旅者说过“一定要去”，不然不算来过，于是成为在游客面前搔首弄姿的“著名景点”。

那一块区域，走在路上的当地人肯定很少，大半都是扛着佳能、尼康，手里捏着地图的游客。一切都是商业化的，周围一定都是纪念品小店，小商贩知道一点点英文，但是对数字的发音肯定标准无比。去餐厅，也大半是打着“当地特色”招牌的饭馆，实则全然是为游客而开创的。

那些去“必逛景点”转一圈回来，自认为领略了当地风情的游客，其实只不过是见到了他们一夜情对象的身体，要说身体，不如说只是脸蛋。如果把一个景区比作是一个美女，我们一夜情过后，知晓的大半只是她的名字，对于她的性格，她的喜好，她最偏爱的音乐，知之甚少。

作为旅游胜地，在巴塞罗那我接待过很多前来旅行的朋友，我常被问道:“巴塞罗那大概可以玩多少天？”

面对这个问题，我常会哑口无言。一般问出这个问题，潜台词便是：“巴塞罗那所有景点，看完拍个到此一游照，买些纪念品，要多久可以结束？”

倘若想要领略高迪的建筑才华，现在人人都有单反，网上一搜都是摄影技术一流的细节照片；若是要个合照，用软件把你最漂亮的姿势添加到景物前就可以。倘若要吃海鲜饭，国内也有地道的西班牙人开的餐厅，原材料都是从西班牙进口的。又或者，是要来巴塞罗那打折村购物的，这边很多东西其实打完折还是价格不菲。

巴塞罗那，是一座值得好好爱的城市。

如果可以，欢迎前来生活。你会发现它的特别之处：这是一座过分的城市，人们爱，但过分地爱，于是成为热情；人们开心，但过分地开心，于是成为狂欢。

LA MEJOR MARCA DE ROPA
QUE CONOZCO SE LLAMA
TU PIEL

BOU

我已经用力喜欢过你了

在广州，我有一个来自巴塞罗那的朋友——乔蒂。两人见面，动辄就会聊起在巴塞罗那生活的点点滴滴，乔蒂常常摇头哀叹：“你们中国人啊，个个都是灰姑娘！”

我不解地问道：“怎么啦？”他解释说：“每次和中国朋友出来玩，到了晚上10点就差不多散场，对我们来说夜晚才刚开始啊！而且，告别的时候，大家挥挥手就作数了居然！”

听罢，我大笑了起来：“哈哈，是啊是啊，你们还要左拥右抱，亲来亲去，说一大堆告别语录的。”

其实乔蒂的思乡情绪，我是十分理解的。刚从巴塞罗那回国，每当与人分别大家说散就散时，总觉得少了些什么。甚至在楼道里遇到邻居，我微笑着打招呼，对方竟然只是沉默地一脸尴尬，更令我想念起在巴塞罗那的温暖人情。

那时候参加各类聚会，总是一大桌人坐在一起，派对如果是在凌晨1点结束，那么正式回家肯定要在3点以后，因为和每个人亲吻拥抱亲热地聊起来，这是一场注定要持续2个小时的西班牙式告别；就算从写字楼下班，在电梯里遇到一个陌生人，也会自然而然地打招呼甚至聊起来；小镇的街坊邻居更是对我这样一个中国姑娘万分好奇与友好；朋友间，不断地有送礼收礼的理由，生日、升职、结婚、圣诞、新年、三王节、隐形朋友……

最近一次临时从上海飞回巴塞罗那，恰巧是我的生日，去之前给好友们千叮咛万嘱咐：“不要送我礼物，不要办派对，我会生气的！”结果还是在生日当天收到了一大堆礼物，在餐桌上一如既往地还有一大盘海鲜饭。看着这群可爱的人，真是生气不得！末了，按照巴塞罗那传统，吃完了蛋糕大家要兴高采烈地碰杯喝香槟。

仍然记得刚结束在巴塞罗那实习项目的时候，去和老板道别，最后他在我脸颊上留下了一个结实而难忘的吻。此次离开巴塞罗那，不知归期何时，和每个人不断拥抱亲吻直到红了眼睛，口里叨念着“很快见很快见很快见”。以前未曾了解巴塞罗那的时候，作为一个不拥抱不亲吻的“冷漠内敛的灰姑娘”，总是觉得西班牙人的性格很矛盾，怎么做到又重感情又享受生活的呢？前者沉重后者洒脱，背负两者实在有些不可思议。

直到有天，我从一个女孩那里突然听到了一句话，才终于找到了答案：“我把我对他的感情都说出来了，他接不接受都不重要了，因为我的感情释放了出去。”

好一个“放”字！也许，恋爱就如同呼吸。当我对你的爱太浓烈太深刻时，只要释放出来，无条件对你好，我就快乐了。对你的爱放走了，却没有得到你的回应，那爱情也就渐渐窒息了；可当我爱你你也爱我时，我们的爱情就能像呼吸一样平衡，直到生命最后一刻。爱上一个看似不可能拥有的人，为何不去勇敢追求一把呢？把感情放出去，享受付出的快乐即可。随即转身，任凭它窒息死亡，倒也可以重新无悔地去过新生活。

原来如此，在巴塞罗那人们可以做到热情却洒脱坦然，正是因为有了感情就会去释放，接下去还能不能再见面再那么亲密，其实都无所谓了，把握当下，你不再出现也没关系，我已经用力喜欢过你了。

“亲亲！”

（巴塞罗那人说的“干杯”。）

随时随地拥抱大海

老话说："你只要给西班牙人一个好天气，再往他手里塞一把吉他，他就会对生活很满意。"

无论你在市中心哪里上班，只要坐上地铁，总能在 20 分钟内到达 Villa Olympic 站的城市海滩。

住在内陆城市的，阳光，沙滩，大海，简直天方夜谭，不过，在巴塞罗那，你总能轻而易举地找个能躺下吹海风的地方。

从我住的小镇出发，坐 Renfe 火车 10 分钟到市中心加泰罗尼亚广场，下车走出地铁站，阳光突然洒下来，透过广场中间的喷泉，百货公司门口永远有络绎不绝的顾客。面前经过的路人，10 个中至少有 3 个是典型的初来乍到的游客。

往前走，Fnac 商场门口，也总能见到几个打扮奇怪的年轻人，这里是巴塞罗那的潮人圣地，商场里卖的都是文化产品——书、唱片和最新一代的电子器材。

继续走，过了马路你将见到一家 Zara，门口有人蹲坐着，他们往往是被寄存在那里的男人们，等着老婆或女友购物完毕。

你已经到了流浪者大街，一直往前走，街道两边是被众人包围照相的街头艺人、中东人开的旅行纪念品商店、门口有热狗摊位的家乐福、卖诺坎普球票的摊位、游客慕名而来的大市场、卖鲜花和手工制品的小店、开在人行道上号

称提供最地道西班牙食物的小酒吧、给人画肖像的艺术家。

这条路的终点是哥伦布雕像、蔚蓝的海以及停靠的帆船。

海港区左转，一直往前走，沿路台阶上坐满了游客和当地年轻人，怎样区分两者？通常游客低头捧读地图和攻略书，而当地年轻人则嬉笑着彼此开玩笑，又或者躺地上百无聊赖地晒太阳。

对，还是一直走，沿着海。经过了加泰罗尼亚博物馆，一旁的海港被栏杆包围起来，这时过马路，朝右边的方向继续走，直到突然看见“巴塞罗那奇迹”——左手边，向两栋房中间望去什么都没有，蓝得空旷。见到这蓝色，别犹豫，朝它狂奔，大海在不远处闪耀着。

马德里四季分明，但巴塞罗那全年都可以用温暖人心来形容。

在巴塞罗那，只要不是阴天下雨，天空总是蓝得透明，没有一朵云彩，这在欧洲也很少见。

蓝天下悠然自得，海滩上，孩子们欢声笑语，恋人们奔跑追逐。

巴塞罗那有着典型的地中海气候，冬天依然是温暖的，平均温度 11℃。偶然下雪，令人激动，有一年甚至造成了全城轰动。在巴塞罗那，只要遇到下雪的天气，学校停课，学生放假。

这里的夏天舒适，不会像火炉一样炎热。一年四季适合旅行，我最喜欢 4 月，已经可以穿上短裙的时节，游客少，可以独享沙滩。

巴塞罗那是有暖气与空调的。比只有暖气没空调的北欧要舒服很多。夏天平均气温 24℃，且大多时候是大晴天。

上班如果不开心，那就趁着午休时间跑来海边小憩。

若是夜晚，带一条大毛巾盖在身上，这里污染并不严重，黑夜里可以看见繁星，和闺密聊天，听着海浪声入睡，幸福都是不花钱的东西，却丰富了回忆。

当你习惯了巴塞罗那，一切都从开始的新鲜变成了熟悉，再从细节处变成

了新鲜。

另外值得注意的是，在沙滩上经常有流动的小商贩，生意最好的是 1 欧元 1 瓶冰镇的当地啤酒——星牌，毕竟躺在沙滩上谁也不想站起来过马路去酒吧或餐厅里买饮料，况且价格又低廉，光是听着那些小贩低声喊“啤酒，啤酒，1 欧元 1 瓶！冰镇的啤酒”就很兴奋了！烈日炎炎的午后，再没什么比咕咚咕咚一口气喝完一瓶啤酒来得爽快了。

当然，还有其他各种各样的小贩，有的手拿丝巾四处兜售，有的非洲妇女给人编发，还有的中国妇女用并不标准却分明是中文的西语说“按摩！按摩”。听说大部分的妇女都是来这里做生意失败的黑户，又不愿意回国，发现在海滩不需要店面，可以这样挣钱后，又找到了活路。

有时，这些小商贩会带来困扰，当你只想静心睡一觉的时候，身边不断有人走过，掀起一阵沙子，还不断喊着“啤酒，啤酒”或者“按摩，按摩”。有时候，真想把自己埋进沙子里，与大海做伴，与世隔绝。

如果一座城市，一年四季总能找到快乐，那么，生活在这里的人也一定是乐观的。

生活在巴塞罗那，习惯了它总是温暖的大太阳，习惯了它总是拥挤的地下铁，习惯了它像家一样的归属感，甚至连下雨天内心都是爽朗的。城市不会变老，可是，当你换一个心情看它，会发现它竟然也会有不同的表情，它会笑、会哭、会害羞、会任性、会耍赖、会想化妆去跳舞，也会在一瞬间老去，在一瞬间重生。

我所看见的游客们，其实都一个样子：茫然地走在流浪者大街上，走走停停，簇拥着一个又一个怪异的街头艺人；在大市场里面拿着相机拍着五颜六色的鲜榨果汁，犹豫很久才选了其中一杯；在市中心喷泉下坐着吃三明治，多出来的面包扔给了广场中央的鸽子；进去 El corte ingles 大百货公司转了一圈；在城市沙滩上躺着听海浪声和喊着英文“啤酒啤酒，冰冻啤酒”的小贩的声音；在巴塞罗那的主场里挑选带回家的纪念品；在圣家堂前仰起头赞美这座美丽而诡异的教堂；在奎尔公园站下车，气喘吁吁地爬上了山才找到了公园，排很久的队才和那只巨大的彩色蜥蜴拍到合照……

我想，大过于旅行的，就是四处生活。

去看海，却是一年四季的海。冬天的海，不需要化妆，不需要穿上美丽的衣服，下午两三点，11 月的阳光是温暖、不炙热的，它温柔地抚摸着每一寸皮肤，小心翼翼地和你亲密着。写稿写得累了，于是来到这里。一个人、一部卡片机，还有一台三脚架，足够度过一整个蔚蓝的下午。

每一个来到这里的游客，都能尽情享受这个美丽的冬天，享受一年四季的大海。

// 随时随地拥抱大海

慢生活，从星期天开始

巴塞罗那人的周末，是你所无法想象的懒散。

平时的工作日，相比欧洲其他城市，巴塞罗那简直是不夜城，百货商店灯火辉煌，街上人头攒动，可到了星期天，大街小巷都是睡着了的，整座城空了，直到中午方才陆陆续续有人走动。那些卖点心的小商店通常挤满了人。这里还有一种小酒吧，像香港茶餐厅，伴随着吧台碗碟乒乒乓乓的声音，人们聊天吃早饭。

这让我想起一个英国朋友，在上海，每次见面时他都问我：“嘿！这周末你怎么过的？”每一回我的巴塞罗那风格都令他失望，“没干什么啊，就在家吃饭睡觉。”

我问：“你呢？”

“我去了森林公园散步，后来再到健身房去健了一会儿身。”

正当我想以礼貌性的赞叹回复时，他接着说：“然后中午我到静安寺吃午饭，下午去听了一个讲座，然后在外滩逛了一会儿书店……”

相比在巴塞罗那的周末，英式周末实在太满了！一个地道的巴塞罗那星期天早晨该这样度过：

千万不能早起，非得到中午方可离开被窝。跑去街角的点心店，买西班牙的油条，最佳的搭档是一杯牛奶，或咖啡加牛奶，毕竟睡得太多容易犯困。吃油条的方法讲究，先撒一层糖，然后蘸上热的巧克力酱。

早餐结束后，已是1点多，打个饱嗝，伸个懒腰，然后陷在沙发里看电视。

下午4点吃午饭，可以理解，对于我们中国人的胃，这是不可想象的“出国”。在西班牙不像是中国，做很多的菜，大家自己去夹。在这里要做就是做一大锅的海鲜饭，或者烤箱里烤一整排的羊肉，为了均衡营养，吃主食之前，大家坐在一起，一人一盘沙拉，浇上一层橄榄油，再来一盘橄榄、奶酪切块、小番茄还有西班牙火腿。饮料通常是可乐，或者西班牙果酒（自家做的和外面的一样很好喝）。

别想着 Tapas 这一类地道的西班牙小食，往往不会在家里吃，是在餐馆小酒吧和亲朋好友聚会时才会去吃的。

对巴塞罗那人而言，星期天的午餐是家庭聚餐的代名词，他们的家庭观念很重。一家老少聚在一起，从工作、学习上面的小事一直聊到了社会新闻，这一顿饭，可以吃上足足3个小时。

结束午餐，继续坐在沙发上看电视。有时候听着电视里面的声音，加上刚刚吃饱，就会打个小盹。再次起来，已经是夜晚9点。

到了11点，简单地吃一顿晚饭，吃完后洗澡，一天就这样过去了。

不过，说起来又不是那么荒废，花时间陪伴家人，反正不赶时间，慢慢吃饭，多多聊天，即使一起坐在沙发上看电视也是陪伴着彼此。

慢生活，心情爽朗。

// 圣诞节

// 睡着的星期天

去裸体海滩拥抱大自然

老同学来巴塞罗那玩，毫不拐弯抹角，直接问：“这儿真的有裸体海滩？快带我去！”

关系好的人，才会那么直白。

我遇到一些旅行者，先问高迪，再问毕加索，从艺术绕着绕着，才面红耳赤地憋出这个问题来，低低地吐出“裸体海滩”，接近唇语。

当然，除了裸体的重点之外，海滩还是个可以观察美女的地方。

巴塞罗那本地姑娘，万分吸引人，性感的身材、健康的肤色、金色的长发、随性的妆容，还有热情奔放的性格，笑容灿烂得似乎看一眼百忧解。她们的美，是具有向日葵一样有生命力的美。

我第一回去裸体海滩，心情忐忑。

由于本人保守，此行只和两个本地的女性好友一起。但想到成为好友不久就要赤裸裸坦诚相见，依然害羞不已。

到了！快到了！

在地中海阳光的照射下，面前是绵延无际的海滩，大海在前方一片碧绿，上面星星点点闪着钻石一般的光芒，可是，耀眼不过眼皮子底下走来走去的人，相比巴塞罗那一般的沙滩，这里人稍显少些，他们都是……肉色的啊！

我不知道该往哪里看，只是尴尬地和朋友聊天。我们找到一个空地坐下，铺上大毛巾，她俩就自然而然地脱去汗衫，脱下裙子。我不知道下一步是什么，于是别过头去。

“哈哈，怎么回事？”朋友明知故问地说。

“哦！她太害羞。亲爱的，你知道吗？在裸体沙滩你不脱掉的话，会被抓起来的。就好像在其他沙滩，如果不允许裸体，可你什么都不穿，会被抓起来一样。”另一个朋友说完，她俩看着彼此笑了。

“别开她玩笑啦！这儿没人会专门看你的身体，别担心，你看，不都是自顾自享受着太阳吗？”

我放眼望去，有个老伯伯光着身体在沙滩上走着，自自然然，经过了两个正面躺着晒太阳的年轻女孩，他只是走过而已。还有一个女人和小孩，她们也都是赤裸着身体在玩沙子。在这里，大家和穿着衣服一样正常，没有人大惊小怪，也没有人像我一样，两眼放着猥琐的光芒。

再去看两个朋友，她俩已经赤身裸体地躺着晒日光浴了。

“你说，来这里的都是什么人？”我问道。

“和我们一样的啊。我小时候开始，每到8月就和爸妈一起去海滩过夏天，有时，我爸妈和我都是裸体的啊！我们从小就觉得这很正常。”其中一个回答。

我又问：“可是……不会觉得别扭吗？如果自己身体特别胖呢？”

“哈哈，别多想啦，快点加入我们。这就是裸体海滩啊！因为在这里，你的身体和心灵是健康的。”接着，她俩都戴上墨镜继续晒太阳，任凭我一人在那里反复纠结。

挣扎了5分钟后，我脱去了衣裤，烈日炎炎，海风吹来，前所未有地觉得清凉，这一股清凉也伴随着轻松感。呵！回归自然的感觉原来那么好！

即使你身材不好，也不再需要宽松衣服去遮掩，大大方方地接受这身躯。甚至即便是有缺陷的，也只管脱去衣服接受阳光的抚摸。爱你的身体，那就是身体的健康。不去在乎别人的眼光，更不去戴着有色眼镜看人，那就是心灵的健康。

来到巴塞罗那，记得去裸体海滩！

哦，别忘记事先给自己涂抹防晒液，不然，最后得到的不是性感的小麦色，而是东一块西一块的晒伤。也别忘记一直喝水，中暑可不是好玩的。

TI
BI
DA
TIBICLUB
BO

在山顶的游乐园玩恐怖屋

在每座城市总有一个建筑的存在让你感到安心，这种平实的感觉，来自对城市的认同。巴塞罗那也有这样的一个存在——提比达波山（Tibidabo）。

白天，无论你在巴塞罗那哪个地方，只要一抬头，总能看见一座山上有个米灰色的教堂。而到了夜晚，这教堂彻夜灯火通明，无论你今天过得怎样，它都在那里照耀着你。还真是《圣经》上说的，雨落下来，湿润了好人和坏人；阳光照射，温暖了坏人和好人。

这就是提比达波山上的圣心教堂，是距离天空最近的教堂之一，教堂顶端是一尊由青铜制成的耶稣像，姿势和张开双臂拥抱世界的巴西救世基督像如出一辙。

来这座山有许多种方式。不怕晕的，可以开车沿着盘山公路上去，途中有一个休息站，那里是俯瞰巴塞罗那整座城市的最佳地点，也被当地人公认是最浪漫的约会胜地，尤其傍晚时分，不可错过在高处欣赏日落。

还可以在市中心搭乘一条地铁专线，去中国驻巴塞罗那领事馆也是那个方向。兴致高的，也能选择乘坐巴士。

但通往山顶却只有一种交通工具：火车。据说它还是西班牙历史上的第一条火车路线。这火车还不是一般的火车，它是一路高角度向上的，恐高症患者不适合乘坐，外面是一片青山树林。在朋友中，乔伊当背包客游览欧洲时，有一段故事发生在这里。同时伍迪•艾伦的电影《午夜巴塞罗那》也在这里取过景。

此刻圣心教堂就巍峨地伫立在眼前。眼睛欺骗了你，它壮观到你无法用相机拍出全景。

来到蒙锥克山，另一件不能错过的事：去游乐园玩。

是的，在山上除了教堂外，还有一个巨大的游乐园，巴塞罗那的孩子们，每个人都在这里有个故事。去之前，朋友们都坏笑着说：“一定一定要去玩那个恐怖屋！”

我不以为然，恐怖屋里的一切都是假的，有什么吓人的？玩就玩！

远远看过去，恐怖屋和碰碰车在一处，看到这儿我更轻松了，简直是给小朋友玩的。可没想到走近，门口的队伍绕了一圈又一圈！大人小孩都有，称得上是这里最受欢迎的项目。

我们几个排着队聊着天，前面有一家四口，爸爸妈妈带着一个男孩和一个女孩。

望过去，恐怖屋被设计成古老破旧的城堡，又像是上世纪的歌剧厅，分为两个门，一个进，一个出，虽然打开着，却都有一层黑布挂着，看不见里面的任何东西。门口各站了一个打扮复古的男服务生，他们不时拿起对讲机沟通，

每次只能进入6个人，并且依次排队。另一扇门同时会出来6个，一批批人不约而同地狂奔出来，脸色通红，有时他们跑出来的时候，门里还有一团白色的烟雾。

“真有那么恐怖吗？瞧那个刚跑出来的男孩，他那么高那么壮，还吓成这样！”我嘲笑道。

得到的回复令我逐渐开始紧张：“嘿，轮到你的时候就知道啦！”

终于又过了半小时，前面一批人进去，就是我们了。这时，前面那一家人中的男孩大哭起来，当门口打扮复古的服务生让他们排队并一起进去时，男孩一直挣扎着摆脱爸爸的手，往队伍外面奔去，大声喊着：“我不要！我不要！我不要！”眼里满是惊恐的泪水。

他的妈妈也跑了出来，给男孩擦眼泪，爸爸和女儿跟着小队伍进去了。

这时，服务生走了过去，拍拍男孩肩膀，低头说了些什么，男孩似乎不哭了。

下一批就是我们了！看到这些，也许是心理作用，我双腿不自觉发抖。当另一扇门跑出一批人时，我们几个就被叫过去。“首先，你们一个挨着一个，排好队一起进去。”服务生说。

奇怪，大家都不愿意排在后面。不知情的我，就是那最后一个。

里面一片黑暗，只有恐怖阴森的音乐，我们摸索着往前走，眼前突然出现了微弱的灯光，渐渐亮起来，竟然是一间囚房，里面有个穿着白衣、眼球突出的人，起初是躺着，一下子站起来，拿着刀子朝我们奔来。因为脚下的路是设计好的，只适合一个人通过，所以我们的队伍从一开始就不能改变。

排在最后一个的我，终于在这时懂了为何大家对前排“趋之若鹜”。

差一点！差一点就被抓住了，我叹了一口气，只要再次走进黑暗里，那鬼就不会出现了。当我正庆幸时，身后突然响起诡异的笑声，一回头，妈呀！居然是一个长满毛的妖怪朝我奔来！

我对着前面的人喊道：“快奔，快奔！”

又差一点啊！

到了后面，那些打扮恐怖的人越来越不经意地出现了，他们完全在我经验之外啊！因为是真人，即便是知道这一点，在一片黑暗中，在音乐和灯光效果的作用下，我怕了。有一个鬼在半路出现，迎面向我走来，我不能退后，见到前面的朋友们都在狂奔，可我前后为难，眼里立刻有了泪水。

那鬼用尖爪碰了我的肩膀，吼吼地笑。

我已吓得魂不附体，什么都不顾地往前狂奔，却没想到这已是最后一个环节，掀开一层布，面前一片白光，再仔细看，我已经出来了。

第一反应，赶紧擦干眼泪。

果然好玩，但是不想再玩第二次了！

星期一早晨，上班好心情

在巴塞罗那上班是怎样的感觉?

这就好像有人问，嫁给王力宏之后有什么感觉? 咳! 还不是过日子啊，一天三餐，白天工作，晚上睡觉。所有的美好需要有些距离的时候，才能真正显现出来。现在回想起来，最怀念也不再拥有的，就是每周一早晨的咖啡时光。

像世界上大部分人一样，办公室里的同事们也都不喜欢星期一，个个上班前都悲痛万分，上班比上坟还沉重。尤其是巴塞罗那一年四季灿烂的阳光，简直是充满诱惑，想到白天大部分时间窗外阳光明媚，海滩游客如织，办公室在市中心，离海滩也近，站在窗口就能见到蔚蓝的海岸，可自己却要在办公室里朝九晚五，不免悲从中来。

于是老板决定，星期一的早晨，我们不用上班，就在办公室楼下的咖啡馆晒太阳，大家坐在马路边聊天，上周末去了哪里，最近有什么乐队演出，接下来什么节日快到了。直到中午，手里的咖啡喝完后，才纷纷坐回电脑前。现在回国上班，每到星期一就是开不完的会，需要立刻回到奋斗的状态，常常想念那懒散的咖啡时光。

西班牙人绝非懒惰，而是太知道如何勤奋工作的同时享受生活。我们往往七八点才收工，因为下午有 2 个小时午休，下班后却都不急着赶回家，找一家

// 跑步者

// 家门口

小店吃过晚餐后，就去看电影、看戏，参加朋友们的派对，甚至化了妆坐火车跑去西切斯嘉年华。第二天一大清早，照旧神清气爽地上班。

在巴塞罗那，并没有真正的咖啡馆，人们更多地叫这些店为小酒吧、小餐厅或者甜点店，它们坐落在这座城市的任何角落，只要走过一个街区，你就能见到一家。好友在一家居民区的小餐厅当服务生，她说，每天早晨6点钟一开门，就有上班族过来点一份羊角面包或者夹着火腿的硬长棍面包，必定再来一份牛奶咖啡，这是西班牙人的习惯。无论任何时候，它们都欢迎任何状态的你。你饿了，它们可以提供美味的Tapas西班牙点心；你只想和朋友聊天，它们提供咖啡、茶还有啤酒。

如果是伦敦、巴黎或者鼓浪屿，在景区或者海滩边咖啡馆你见到最多的是游客，可巴塞罗那不一样，你还很可能见到当地人，他们一家老少坐在一长排椅子上，在户外举杯喝咖啡，手舞足蹈地聊天；也可能是一群年轻人嬉笑着，可能刚下课，或者刚一起吃晚饭在这里开始第二派对。

不过，毕竟这里属于任何人。游客们新奇地笑着，西班牙人热情，凡是打开的话题必然收不住，巴塞罗那人又喜欢幽默搞笑，说完俏皮话自己会哈哈大笑起来，因此这里的咖啡馆总是杯碗碰撞声和人声交织着。

喜欢某个人，往往是因为越来越加深的了解，对偶像只有某一瞬间的共鸣，于是产生了崇拜，而越来越了解往往是因为对方以人的形式存在。一座城市，唯独咖啡馆才能让人越来越了解，而著名景点只不过是对偶像的某刻仰望而已。对于巴塞罗那，我想就是因为这些咖啡馆，我才有现在这么深的感情：

在圣家堂一旁的小咖啡店里，我曾坐在那里一个下午写文章，朋友来玩，我就带他们在那里喝下午茶；在流浪者大街的星巴克，每到周末嘴馋了，我都会在那里吃一块芝士蛋糕，那里生意太好，经常是坐到了窗口座位我都惊喜万分；

在凯旋门底下有家咖啡馆，我一个人从中午坐到天黑看书，一杯茶喝到淡掉为止；在加泰罗尼亚地铁站有家小小的咖啡馆，那里的羊角面包很脆，是早起上班最令人期待的早餐；在小镇的家门口有家咖啡馆，朋友们的聚会总在那里进行；还有西切斯海滩边的咖啡馆，经常有电影明星出没！

在巴塞罗那，这里的咖啡馆属于每个人，因为它是生活的一部分。

// 街边的小广告

让生活充满诗意

他在咖啡馆里工作，每天的生活都很简单，看似无望。桌子脏了，第一时间去擦；客人来了，第一时间去点单，第一句话总是问想要喝什么；有人吃完了一餐，他就跑过去拿走餐盘换下一餐；客人要埋单，就递过去埋单的单子。

和这个世界所有的服务生一样，生活是重复的。连在咖啡机器里面热牛奶，那蒸气向上发出怪兽一般的声响，都不能让思绪飞扬。一切都是重复的，以至于没有新鲜感。

他来自南美，18 岁那年，他千里迢迢飞来巴塞罗那，想要追寻欧洲梦。虽然和所有南美人一样，即使语言相通，在这片土地上，他们仍然从事着最低端的工作。

有个女孩，每天都会来。

第一次来，她只点了早餐，能够吃到别人吃完了中饭吃完了晚餐，她还是能剩一片吐司在那里。她的茶，冲了很多次，结果都淡了。她只有一本书、一支笔，还有几张纸。看起来很穷，但她还是给自己的生活一些好看的样子，比如在纸上画一些图案。她读书的时候，好像钻进了另一个世界，表情总在变。

他忙碌地擦着桌子。咖啡店离巴塞罗那的领事馆区很近，中国客人很多，也常来日本人，不过她应该是中国人。

这时候进来了一个抱着小孩的中国女人，要他去热牛奶，这个女人光顾着

小孩，自己就点了一杯水。临走前，女人心疼水钱，把水都喝掉了。他摇了摇头，中国人真是神秘。

收走了水杯，他看了一眼这个女孩，她面前所有的纸张已经写满了，脸上有一种满意的神情，好似一件事情总算有了突破。她朝他示意埋单，付了钱，没有留下小费。不过在这个时代，大家都不留小费了，这家咖啡店的东西本来就是稍贵的。而且，中国人是没有这个习惯的。他擦了擦桌子，再见了，莫名其妙写字的女孩。

第二次来，她带上了电脑，他很快认出她来，她的眼睛里面写满了故事和风景。

这一回她来这里吃午餐，咖啡厅里面空调开得很足，她吸了吸鼻子。他走过去问她喝什么，她问："饮料包括吗？一杯茶就可以了。"她点了最能吃饱的东西：意大利面。真是个实在的人，他心里默默想着，但是表面上还是不作声。对他来说，日子太无聊，只能在心里说话。

她突然问："这里能够充电吗？我的电脑……"他听了这有些别扭的西班牙语，还是懂了，掩盖住情绪，冷冷回答："不能。"其实她早就看到，一旁有一个插座，

是工作人员给手机充电的地方。她说了声“谢谢”，还是打开电脑，兴奋地敲打。发表后，认真看评论，思量了很久。然后，又开始打字。

时间不动声色地流逝，窗外的光景，是唯一的见证。

他总端着盘子路过她身边，而这女孩低头敲打键盘就好似看书一般认真，偶尔自言自语，是他所不懂的语言，有时候情绪激动得所有表情都写在了脸上。他看着她，虽然看不懂她在敲打什么，屏幕上都是密密麻麻像是画一样的文字，可是他还是很想知道，这到底是什么故事。

她在写文章，不会写故事的她很笨拙。眼见着电快没有了，她拿起茶抿了一口，看到窗外暗下来的天，有些惊讶。她拿出了手机看上面的新闻，然后离开了。她付钱的时候，他很想告诉她，其实那个插座没有人在用，可还是收了钱，冷冷地说了声“再见”。

第三次来，她又带上了电脑。她敲打着，知道自己要什么，于是不看餐牌。他过去说，今天你可以在这里充电。她开心地坐在了有插座一边的桌子上，一共点了三杯茶，他时不时过去看看能不能倒水，然后她对他礼貌地微笑。他觉得很惭愧，却不知道为何。

他觉得这个世界上，还能有人这样花时间沉浸在自己的世界里很不可思议。他差点以为自己就是世界上唯一一个在心里呐喊的人，原来有个人，还能够这样发泄出来。

她在打字。咖啡店里面，常来的中年女人又在聊儿女家常。她不去听，她像是有个保护膜，一旦读书写字就与周围分隔开来。他觉得她很美，他觉得她像是一个冒险家。他不知道为什么，在这个世界里面，在这个小咖啡馆里，他像是旅行一样，在看风景。

他鼓起勇气走过去，告诉她，你很美丽。

她说了一声谢谢，咧开嘴笑了。

后来，她回到了中国。她想去发表在那里写的那些文字。

后来，他还是在那里，在心底里思考，忙碌时抬起头瞥见那个座位，还会记得那个女孩，穿红色上衣，表情多变，时而自言自语。

餐厅的客人来了又去，敲敲打打的碗和杯子们，唉，只有它们才是热闹的。所有人心里，都在这座诗意的城市中，肆意上演着一出未完成的戏剧，时而荒诞，时而令人回味无穷。

他不知道，很久以后，这个女孩无比怀念那样诗意和肆意的日子。

// 在路边晒太阳

“全世界人民都向往巴黎，而巴黎人民向往巴塞罗那”

达利在自传里写道：

“我还是以西班牙人特有的狂热，对他们口若悬河地大侃特侃，把长期积郁在心中的东西，一股脑儿发泄出来。而他们却废话连篇，进行法国式的日常谈话，虽然优雅，但却缺少作为核心的思想，并且谁也意识不到这一点。”

此时，我正在巴塞罗那街头。

肚子饿了，在一旁的饼屋吃下午点心。饼屋是一般西班牙家庭妇女开的，在给客人称分量的同时，自己也要拿走一两只，随性得可爱。

和饼屋不同，咖啡店、酒吧则大部分是中国人开的，一般为夫妻店。女的会一点基本的带中国口音的西语，一听就知道学习的时候是按照中文表音来学的。男的都在厨房里面。

在这里，最常见的还有火腿店。一般不像煺毛处理店，贴了字，很隐蔽。对于这些猪腿，大家是喜欢的。于是，远远地，就会看到一家以深红色为主的店，上面挂着，店里面摆放着，地上还有。在桌子上，有五六只，放在架子上面的好像不一样。穿着白色衣服的工作人员，正在低头细心地切着。好似一定要切得很薄，这是一个技术活。

西班牙小孩就好像洋娃娃，什么颜色的头发都有，以棕色为主，大大的眼睛，长长的睫毛。看见了火腿，忍不住嘬起了手指，回忆着鲜味。

大人也是,火腿一到手,就往嘴里塞一块,一定要配上面包才行。拿长棍面包,如果不是新鲜的,就硬得和天花板一样。当天的最好,吃起来软,看起来硬,那不过是幌子。

大家的午餐,往往都是冷的面包,切开后,放一点橄榄油,再放上西班牙火腿。这时候,西班牙土豆饼的热度,显得格外令人珍惜。而热气腾腾的中餐,只属于夜晚。吧台上,总有羊角面包,有巧克力的羊角面包、苹果派,也有土豆饼。

往往在下课后,老人家接小孩,沿街有卖毛线的店和卖彩票的亭子,老人路过,习惯性地买一张彩票,或者去看看毛线的颜色。小孩子就在店门口,坐着等待1欧元硬币玩一次的木马。

每个酒吧里面都会有一个自动卖烟机器,一般是使用硬币的,需要去吧台换,买完后,人们都会在门口跷了腿抽烟。人们还喜欢玩角子机,尤其是老年人,一堆20分的硬币玩很久。有时候大家聊天,会突然被一枚枚1欧元硬币掉下来的声音吓到。原来,是谁突然走运了。因为往往每个人都是看颜色,最后用完了硬币才走人,只是打发时间,从来没有人想在机器里面赚一把。而对于店里面的人来说,这个机器完全就是给人玩的玩具,而且耗电,他们也不期待赚钱。

足球比赛往往在夜晚。但我晚上都不会来酒吧,因为很吵。但只要有比赛,所有酒吧都是满的,大家都和酒吧里面的服务生一起看,输了一起遗憾大吼,进球了一起激动干杯。

警察倒不是很严肃,我常常会看见他们穿着制服走进来,喝一杯啤酒,继续上班。然后在门口像散步一样,查看那些违章停车。在这里,他们贴一张纸,就意味着车主得付上300欧元。

视线继续回到店里面,常会有不上班的全职太太们,或者已到中年的妇女,聚在小酒吧里讨论家长里短,谁结婚了,礼金多少,谁换了工作,谁的朋友去了哪里旅行。没有小孩或者孙子,说话的时候,两只手是飞来飞去的,但却没有像意大利人那样如同交响乐指挥般夸张。

店里面唯一的年轻人，就是开店的。他们的生活很闲，总是一个个人来了又走，但是客人点完单子他们也不去打扰。他们喜欢在一边观察，一有眼神接触，就会朝你微笑。他们的微笑是自然的，甚至可以说是自动的。

所有的酒吧，最明显的标志，就是砰砰的声响，那就是碗和杯子的碰撞声，他们不厌其烦地洗碗。

酒吧进来了一个男人，带着狗。那狗一旦看见其他的狗路过就狂叫，男人讲话被打断，于是拍了一下狗头，表情里还有些心疼。男人和女人讲着晚餐吃什么比较健康，讲着哪里的火腿好吃，哪里的面包最新鲜，我的存在，似乎不影响他们的对话。

我在喝着绿茶。每次在酒吧只喝一杯茶，然后待两三个小时。酒吧里的钟是埃斯特里亚牌子的，墙壁土黄色，没有精心装修过。女人做了一点火腿肉给了男人。两人看起来似乎是好朋友，还讲起了父母还有姐妹的事情。

这不过是个平凡的夏日午后，他们的生活就是遛狗、聊天、喝茶、整理吧台。一切都是宇宙间缓慢的进程。头发灰白的老女人拎着包走过。酒吧的墙上，挂了一幅玛丽莲•梦露的白裙照片，照片里，她带有着些快乐而无辜的性感。

换了一个地方，去饼店吃下午点心。

我的天，我的耳朵快要爆炸了，很难相信旁边那位中年男人还能够喝着咖啡镇定地读报纸。6点半，西班牙人占领了这间点心房。每人一杯咖啡、一块蛋糕。现在不是晚餐时间，大家刚刚下班，于是在这里聊天，嗡嗡的声音充满了耳朵。我无法打字思索，需要安静，可是这里是他们的地盘。

我正在路上，背着书包，里面有一台电脑、一张纸、一支笔。我有一个脑袋，装满了思想。我有一双会打字的手，会制造奇迹。我有两条不断行走的腿，这个世界用走的方式有时候会更容易靠近。我有一双明亮而充满好奇的眼睛，一切都在那儿。

下雨了，我坐在酒吧里，靠着窗。广播里播放着 *Tears in Heaven*，熟悉的和弦声。窗外对面是巴塞罗那北站，不断有游客出没，有雨伞的，悠闲地行走着；没有伞的，快速奔跑着。那陪你一起走过巴黎桥、走过阿姆斯特丹的人，这一刻，跟你一起在雨中奔跑，或者在一个屋檐下躲雨，你就是幸福的。

一个日本男人拿着相机，拍着对面过马路的两个西班牙女人。他的镜头里面想讲什么故事呢？

出去走走吧！

“我坐在街道口，飘起了小雨，打字把思绪记录下来。”当时不知道为什么写出这样一段话，可能希望有些唯美的事情发生。但是，这里是巴塞罗那，生活化得很，你不能期待“蒂凡尼的早餐”，只有油腻腻却甜到心头的西班牙油条。

这时候，有个男人，推着一辆超市里的车子停在我一边。

他很艰难地把小车往上拐，靠在一棵大树上。他身边总有音乐，原来在装

着一堆东西的车上，有个收音机不断播放着流行音乐，但是看着他，难以想象！那应该有的画面，是性感的女郎，或看似多情的男人，与眼前这个穿着破旧黑色大衣、褪色牛仔裤还有一双发黑的球鞋的男人无关。

他戴着黑色帽子，看不清脸，但是身上弥漫着一股灰尘的气味。

恰巧鼻炎发作，我对气味万分敏感，不禁打了一个喷嚏，他看了看我，说了一声“你好”后坐下。

那个车篮子是完全满的，最下面压着的，是一只橘红色的箱子，但已经发黑。箱子很满，上面堆了一只纸箱，纸箱也是满的，鼓鼓的。尽管纸箱上标的是一个电器，但是一看就知道，他不是一个拥有电器的人，甚至可能这台破旧的银色收音机就是他唯一的电器。另外一端，又有一只可以拖拉的箱子，被很巧妙地竖放着，空间利用得很足，一个角落里还有一根没有把的拖把。足以见得，他的所有家当都在这里了。他的一双看起来厚重的冬天的鞋子用鞋带系在一起，挂在了手推车的杆子上面。

男人和我，一起看着那堆东西。我想，这个人和我一样，到处搬家，一堆东西，就是没有家具，但还是很艰辛。他想的是什么，我无从知道。这个人，我不知道他的过去，更不知道他的未来。下一秒，我离开后，我们就不再相关。

他又叹了一口气，听到广播里面的迪斯科音乐横吵了起来，他扭动身体，然后脱下了黑色外套，从里面小心翼翼地拿出一个锡纸包装的三明治，三明治里面只有一块火腿肉，还不是西班牙火腿，就只是平平凡凡的肉色火腿。他把三明治放在膝盖上，再从大衣口袋里掏着掏着，就掏出了一罐埃斯特里亚——西班牙的啤酒，但是巴塞罗那的特产。他迫不及待地拉开了拉环，咕咚咕咚喝下去。就算现在是冬天，他仍然很爽快地灌了下去。

随后，他打开了锡纸，啃起了三明治。热的东西总是比较贵。去超市或者小店里面，所有的午餐，只要便宜的，都是冰冻的，即使吃饱了，还有一种不满足的感觉。

男人听着音乐，人们一个个走过去。好事、无聊、退休了的西班牙老头经过男人的旁边，就会停下来端详那一车子壮观的东西，被发现了，就不好意思地走开。人们都会朝我们看一眼，好似觉得，这个中国女孩背着书包，和这个同样一身黑色的流浪汉是朋友。

男人打了一个饱嗝。天上的雨小了，原来是一阵飘雨的云。叶子被风吹落，一点凄凉都没有，甚至是美丽的。我穿起大衣，捧着电脑，继续赶路。一旁的小学校，有哨子声，有孩子们集合的吵闹声音。

如果可以，就让我一直流浪下去。让我去体验这个世界上那些微小的幸福。我不去打扰，不去参与，只是在一旁安静地看着，细细品味着。因为，我们说到底都是路过一段人生，路过这个世界，谁都不可能拥有。

// 在火车上弹唱的人

// 享受音乐

午夜
巴塞罗那

Midnight Barcelona

// 鸡尾酒天空

// 粉红色的日落

老板，麻烦来份鸡尾酒天空

“欧洲简直是个大农村，还不如家乡繁华呢！”

来自国内大城市的，在欧洲大大小小的城市旅游时，都会从内心由衷地发出这句感慨。衡量的标准，大半都是城市大楼的高度。就拿我的家乡上海来说，抬起头，基本上都是一栋栋直冲云霄的摩天大楼，天空被分割得七零八落。

反正从小对于天空这个字眼，我很没有概念，更没有机会在悲伤时仰望，因为有被空调水袭击的危险。

可是，唯独在巴塞罗那，我是很喜欢看天空的，甚至养成了每次一出门都要抬头看看天的习惯。究竟这天有什么看头呢?

在巴塞罗那，尤其是我住的小镇子，没有一栋楼是高过 6 层的。因此，只要站在天台，几乎就能对整个镇一览无余。远处的山连绵起伏，小镇的红色屋顶连成一片。而头顶的天空，就是完整的。

唔……在荷兰应该更容易看天才对，房屋更矮。可是，最大的区别就在于荷兰有太多的飞机云，而且荷兰的天气实在太差，以至于走在马路上，都只想躲雨躲风快速回家，何来闲情看天。

除了 10 月，基本上巴塞罗那的每一天都是大晴天。当地居民在户外晒衣服，是从来不需要事前查看天气预报的。多云的日子格外少，大部分时候，我看到的天是一片蓝色，没有一朵云，小小的一朵都没有。在海边散步，往往望向远处，天和海的交界线很淡很淡。

看一看天，心情也就会很舒畅。天那么大，在底下行走，多自在。即便有些云朵的日子，也是值得欣喜的。若是要问我为何，奥妙就在于傍晚。这座城市的日出，没有多少人见到过，因为夜晚生活太过丰富，谁也舍不得早早入睡。就因为如此，上帝才把它的傍晚设计得如此动人。

有一个秘密，就是只要有云朵，每当有夕阳的时候，整个巴塞罗那的天空都是惊艳的粉红色。傍晚从 Sants 乘火车回家，在车站看见很多提着行李的游客兴致高昂地对着远方绚烂粉红的天空拍照。我自己也不时地对那壮观的自然景象心动。

在大城市长大的小孩，对天空都是陌生的，甚至在澳门、威尼斯，那人造的天，还居然有人被感动到，若是前来巴塞罗那亲自眼见一番，必定会晕厥吧！太阳渐渐沉下去，这时候，粉色缓慢退下，整个巴塞罗那的天成了一杯鸡尾酒。最底下的，是热烈的红色，中段的是橘色，逐渐延伸至蓝色，最顶端笼罩着的便是深蓝。

这时候的我，常常坐在 Renfe 火车里，安静地听着歌望向窗外。总觉得每座城市的火车车窗都像一部不断播放、不断更新的电影，窗外熟悉的风景，永远都会因为天气变换、因为苍穹色彩的变化而不断改变。

到家的时候，基本上快要天黑了。踏进楼之前，再抬头一看天，早已经星星闪烁了。因为总是大晴天，所以夜晚的天空也很清晰，星星很明显。

乘坐夜间航班，看脚下的每座城市都是不一样的。若巴塞罗那是一片星空，上海则是由一条条高速公路的路灯连成的灯河，荷兰是一片漆黑，澳门呢，就是灯红酒绿昼夜无差了。

读三毛的书，发现她没有在巴塞罗那长期停留过，只留下这一段文字：

“脚下巴塞罗那的一片灯海是夜的千万只眼睛，冷冷地对着我一眨又一眨。今天不回家，永远不回家了。”

美丽、浪漫、感动。对，夜晚的千万只眼睛，这就是山城巴塞罗那的美。

世界上最梦幻的菜市场

好友米粒和安妮来巴塞罗那找我，此时她俩都在瑞典读书，在终日阴天的北欧待久了，来到这片满是阳光的土地，本来就开朗奔放的她们，笑得更欢快了。

我们一起去中国餐馆吃了顿大餐，随后，到博盖利亚市场买了一堆水果，到一旁的咖啡馆大吃起来。我照旧在门口的火腿摊铺处买了一包2欧元、握在手中如同薯条般的火腿。

米粒介绍了一种吃法：一口哈密瓜，一口火腿，口感极佳。

我们纷纷效仿，赞不绝口，火腿的鲜味被提了上来。正如金圣叹所说：“豆腐干和花生米同嚼，有火腿味。”这种混搭带来的奇迹感，简直和如今人们流行的酱油配荔枝有得一拼。

说是“照旧”，因为我常去博盖利亚门口的火腿店，买上这样一小袋2欧元的火腿。一开始是当做午饭，后来习惯成自然，每当路过博盖利亚，如同巴甫洛夫之犬自动饿了，一定要买上一袋火腿才能走，不然回家路上满是念想，饿得前胸贴后背。

那一家摊铺的火腿，一点也不油腻，也不咸。

火腿是西班牙的国宝，有个亲切的名字叫“哈蒙”，西班牙男女老少人见人爱，味道极佳，吃了以后很容易满足。

在巴塞罗那的居民区，火腿专卖店是必不可少的。而每一户人家，家里必然可以看见如此一景：一只完整的火腿，散发着诱人的香味，架在专门的火腿架上，一旁配着切片专用的刀。

说起这刀，加泰罗尼亚人完全可以在他们的简历里写上一笔，他们练就了一番好手艺，切出的火腿极薄，颜色接近紫红色，小心翼翼地举起，居然还是透明的。当然，切不好的，诸如我辈，可以学习博盖利亚门口的火腿店，切成薯条状。

黑蹄子，即伊比利亚火腿，是一种黑色的猪的腿，据说，它们自打出生就吃得比人都要讲究，全是上等食材。因为有了它们，才有了世间的顶级火腿。简直可以说是入口即化！贵的几小片都可以卖到上百欧！

不过，米粒和安妮不仅仅是为了美食才和我来到这里的，更是为了“博盖利亚”这招牌——世界上最有名、最梦幻的菜市场。

有人说，菜市场也是不一样的。北京的永远是在昏暗的灯光底下，上海的泥泞嘈杂，马赛的生机勃勃阳光很好，而巴塞罗那的，则是色彩斑斓，就好像高迪给这座城市涂下的底色。

每天若能去博盖利亚买菜，那做饭时心情一定是很好的。这是一个五彩缤纷的童话王国，讲述了关于各类美味食物的故事。这里有一万多种西班牙常见食材，还有各种新鲜蔬果、海产、橄榄油、陈醋、香草、香料……并且价格优惠。

1 欧元一份的水果杯，里面搭配了满满一整碗不同的水果，五彩的颜色令人心情大好。至于 1 欧元一杯的鲜榨果汁，看看这些摊位吧，总是站了一个犹豫的人，因为几乎有 50 多种果汁味道可以选择，面对眼前的“彩虹”，每个人一下子都像传染了选择困难症。

若经验丰富，在每天 7 点关门前，如果踩着点进去，还能以超级低价买到鲜榨果汁，甚至如果运气好，摊主还会免费赠送。

作为巴塞罗那最古老、最地道的菜市场，这周围的墙壁也是很有历史的。

爱好涂鸦文化的人，一定会为之一振，因为这些墙壁上面的涂鸦来头也非常不简单，是世界级涂鸦大师珍贵的早期作品。据说，很多人就是从这里起步，逐渐走向了世界。

因为在菜市场有新鲜廉价的海鲜，所以周围餐馆接受代加工的服务，游客买完后，5 分钟就可以尝到美味。

在这炫彩的菜市场里，还有一家著名的 Tapas 小酒吧：Bar Pinotxo，人们都坐在吧台吃东西，最多只能容纳 20 人，经常还有人不辞劳累，在一旁排队等候。

嘉倩

这些食物看起来实在是太诱人了！！！

2 分钟前

要怪就怪伍迪·艾伦

他直接走了过去，问她俩是不是美国人，问其中一个女孩眼睛的颜色，然后毫不掩饰地邀请她们一同去西班牙北部的小镇：

“我想要邀请两位跟我去奥维耶多。我们一起过周末，一个小时后出发。”

两个女孩愣住：“我们才刚认识。去奥维耶多做什么？”

“我们在那儿度周末，我会带你们到城里逛逛。享受美食，喝着美酒，还有做爱。”

她们傻眼：“谁？”

“希望是我们三个。”他非常平和，不带一丝紧张，好像在说一件平常的事情。

他被拒绝后，依然笑着说：“为何不呢？人生那么短暂，那么无趣，充满痛苦，也许这是个特别的机会让特别的事情发生。”

故事的最后，他做到了。

对于巴塞罗那，对于西班牙，我的第一印象就是来自这部电影：《午夜巴塞罗那》。

这部电影是伍迪•艾伦献给巴塞罗那的情书。有一天，有人对这个神经兮兮、絮絮叨叨，整天戴个黑框眼镜一脸苦相的小老头说：“我们想要你在巴塞罗那拍电影。”

于是，他接受了这个工作。电影上映后，接受记者采访时他说：“我不得不考虑一下在巴塞罗那要做的事，我对这些关系已经有了点概念。我想在巴塞罗那拍电影，因为在那里我很容易生活。古老的鹅卵石街道与完美的现代建筑融合在一起，构成了充满异国情调的城市风光。那里的灯光不同于纽约，你可以在片子里看到那些颜色。伦敦就没有这多，只是人们总是走在街道的另外一边，驾车也是，方向盘相反。这样，过马路的时候我又有了新的顾虑。”

在伍迪·艾伦的电影中，纽约的恋情无法长久，因为这里的欲望太过复杂，太过喧嚣；伦敦的恋情冷淡而过分礼貌，因为这里的人们戴着面具而活；只有在巴塞罗那的恋情，是欲望来袭，但这一股欲望并不低级，充满了艺术与哲思，人们每一次试图寻找自己，却又每一次深深沉沦。

伍迪·艾伦自白：“这是一个夹着一些忧愁和喜剧元素的浪漫故事。没有人有开心的结局，但是当你看这部片子的时候，你不会感觉消沉、沮丧。”

正因为在没有去过巴塞罗那，接触过西班牙人之前，所有的一切，我是从伍迪·艾伦那里学到的，因此，要怪就怪他灌输给了我这样负面的印象：巴塞

罗那有太多的欲望，人们尽情释放，这里没有承诺，没有沉重的未来规划，从来都只是活在此刻。西班牙人多情，今天爱你，明天就不记得你叫什么名字，而去爱另一个人。

直到真正生活在其中，有天把这想法告诉当地的好友们，大家一个个摇头解释，加上在巴塞罗那的真实体验，我才知道，在这里，人们爱的方式和伍迪·艾伦在电影里截然不同。又或许，只是当年的我看这部电影时还没有那么深刻的感悟。

尤其在感情上，我曾对他们有偏见。毕竟电影里是这样演的啊！但这想法，就好像外国朋友们每次喜欢问中国留学生的问题："你们中国人，是不是都会像电影里面演的，在天上飞来飞去地打架？"一点玩笑意味都没有，是严肃的学问态度啊！

这时候，一个中国男孩抢答："是啊，不过必须得在中国土地上。在你们这里我们就飞不起来了。"其余中国学生听到后，笑得憋出内伤。

在巴塞罗那，人们爱得其实很认真。

朋友圈中，不少是青梅竹马的一对。这样的感情在中国几乎灭绝，我们不断辗转不同的学校，身边换了一批又一批的同学，而友谊也经常因为那辗转而变淡。

可是巴塞罗那，有许多"完全学校"，意味着从牙牙学语到读大学之前，都在同一所学校和同一群人读书。那可是看着彼此长大，见过当年最傻模样的啊！如果好友中有个男生交了女友，大家完全可以开玩笑揶揄："嘿嘿，当年他可胖了！""以前他拖着鼻涕在地上爬呢！""唉，你错过了他最帅的那几年，现在他长歪了。"

长大后，有的人是所有童话故事中的典范，从小被双方家长撮合，竟真的一起从小学恋爱到在教堂牵手。

他们分享彼此的秘密，谁最怕闪电打雷的天气，谁不喜欢吃奶酪，谁家里姐姐最多，谁喜欢哪一种男孩，谁第一次喝酒喝醉出了洋相，谁背地里买了大麻抽……

在我们的朋友圈中，有的人原本是朋友，但发现彼此离不开，就成为男女恋人，比如我的好友魏妮莎和保罗。

有的人是不小心在教堂里有一个眼神交汇，赫苏斯和他现在的妻子是在教堂做礼拜时认识的，两人都是严格遵守教义的人。

有的人在工作中喜欢上圈子外的人，带到自己的好友中间，比如戴维和娜塔莉，现在他俩努力谈着异地恋。

有的人偶尔遇见，竟然一发不可收拾地在一起。那就是维克多和保拉的故事。他们是在夜店遇见的！听到后，真是令人为之一振，原来夜店是有真爱的，并不是牛鬼蛇神、胭脂红粉的水帘洞。

当时保拉、魏妮莎、保罗他们几个在跳舞，维克多和他的那一圈朋友在一起玩，他一眼就见到了保拉，当时说不上喜欢，只是也说不上来，莫名其妙地过去打招呼就认识了。后来几次他们两群人经常一起在迪斯科跳舞，才慢慢熟起来。保拉发现维克多虽然腼腆，并且比自己年纪小，但两人的兴趣相投——都喜欢日本漫画，喜欢养猫，喜欢收集卡通人物的玩具。

有一天，大家见到他俩是牵着手出现的。

现在他们在一起已经快10年了，在市中心租了一间房，养了只会说“再见”的猫，有一个书架上放满了漫画书和碟片，还有一间小房，里面全是他们在网上买来的玩具，其中一个是巨大版的阿拉蕾。

巴塞罗那的爱情，才不是伍迪·艾伦电影里的模样！

艺术家三天速成指南

在奎尔公园，一位流浪艺术家在一个无人的角落里弹吉他，突然唱起了歌。

巴塞罗那的阳光一如既往的好，回声悠扬，恍神间整个宇宙都安静了，这是一场有没有听众都无所谓的演唱会，宛若那些大大小小的历史事件，过去后就没有人会再记得。但他的歌声的的确确感动与占领过一个陌生人生命中的5分钟。

我，就是那个站在一旁的陌生人。

即使对于艺术一无所知，生活在这里，只需要三天，就可以让你在视觉、听觉、味觉上有了艺术家的气质。

巴塞罗那是一个有个性甚至奇怪的地方，当时荷兰的好友们听说我要去那里工作，一个个睁大了双眼，七嘴八舌地数落起这座城市来："你去了那里，帮我看看那边的人是不是真的做事从来不守时。""那里的人不需要读书工作，是不是躺在草坪上晒太阳就可以了？"

即便是在西班牙境内，巴塞罗那也是一朵奇葩。南部的格拉纳达受伊斯兰教文化影响，有着非洲风情；中部的马德里，因为是政治中心，所以显得稳重；北方的巴斯克，粗犷豪放；而位于东北部的巴塞罗那，有着地中海沿岸民族独一无二的艺术情怀。

在这里，有一条世界著名的流浪者大街。

流浪者大街的称谓，来自余秋雨。它的真正名字是兰布拉大街，在阿拉伯语中是“沙子”的意思，罗马人第一次来到兰布拉大街，看到的只是条满是淤泥的河流。

写作的时候，我常会去这上面的星巴克。人太多，难得才能坐到窗口的座位。我喜欢在那个角落像行为艺术家一样观察游客，来自世界各地端着相机的游客也是有趣的，每个人都穿着表情的外衣，都令我猜测其背后的故事。

我还记得电影《天使爱美丽》中，爱美丽星期天在地铁站遇到了一个乞丐，正准备施舍一枚硬币，这时候乞丐说：“小姐，抱歉，星期天我不工作。”

在流浪者大街，这些流浪艺人正是在这里工作的。不是随随便便任何人都能站在那里，必须在政府那里登记，每个人站的区域也是固定的、注册过的。我每一天上班走过这里，都可以看见他们也刚上班的模样，正坐在小凳子上，举着镜子化妆，常常用一些颜色鲜艳或者仿照雕塑的颜料。每一天下班时间走过，发现还是同样的一群人，他们早已卸了妆，将道具放一边，正在低着头数硬币。

不仅仅是流浪者大街，这些流浪艺人是无处不在的。

每当在巴塞罗那乘坐地铁回家，总会有地铁艺人拉小提琴，整个车厢顷刻间琴声悠扬，像是一场室内演奏会。

我常见到他。这个艺人看起来来自南美，在这里也很典型，平常的南美人模样，穿着民族衣服、牛仔裤，留着中长发，大热天的时候扎起来，又吹口琴，又唱歌，又弹吉他，或者拉手风琴，又或者像今天这样拉小提琴。可怜的艺人今天比较不走运，没有一个人给他钱。他居然一点都没有消沉，或许早已习惯。于是背着琴走到了下一节车厢，拉起了琴。

在大学站，有段时间，居然还有一个中国人拉二胡，每次听到，总是乡愁不断。

不止一次，我赞叹着这群艺术家的强大内心。看着那些人手上的茧，随身带的音箱拉杆表皮都已褪色掉漆，每一天，他们不断重复着，受着冷落，我很悲伤。只是他们没时间羡慕别人，他们忙碌着，为了生活而努力。

离开巴塞罗那前，在市中心我还遇到过一个拾荒画家。

他是一个拾荒者，在圣诞节第二天的早晨，唯独他一个人在原本热闹的大街角落作画。我只是刚巧路过，口袋里只有 2 欧元。

究竟为何一眼就认定他是个拾荒者，不过是因为他身旁有一只破旧的箱子，还有他略显犀利的造型。他穿着破旧的背心，脚上的鞋是用绳绑起来的，戴了一顶还算有型但满是污垢的银色帽子，一看便知道是捡来的，近看破旧而脏。那作画时蜷缩成一团的姿态，勉强算拾荒画家。

花白的头发，厚眼镜。他一直低着头画画，而我就像一只猫一样，不断靠近靠近。他没有看我，他的脸上有膏药，耳朵上有冻伤。

奇怪的是，他的手很脏，但画出来的画却美得绚烂。

// 最享受的一家咖啡厅

// 街边自行车

对当地人古怪的时间观念见怪不怪

生活在巴塞罗那，你必须养成巴塞罗那时间观，不然，生活将有极大的麻烦。

首先，得对当地人古怪的时间观念做到见怪不怪。只有游客，或者初来乍到的人，才会对他们的作息惊讶不已，甚至当做饭桌上的猎奇谈资。

要惊怪就默默地在心里惊怪吧！究竟怪在那里？如果有人问我，如何能够第一眼分辨出西班牙人？我会轻松回答，喏，在 Party 上集体迟到 1 个小时以上，并且能够面不改色心不跳，认为一切理所当然的那群人。他们带着他们的特产——“迟到”来了。

在爱尔兰做交换生时，课业轻松，于是经常和各种国籍的交换生聚在一起，往往说好了譬如晚上 11 点在某家酒吧碰头，荷兰人与德国人总是准点到，其他国籍的人陆陆续续 5 分钟、10 分钟地迟到，唯有那群西班牙交换生，在我们早已坐定，并喝完三五杯酒后，他们才说说笑笑、不紧不慢地踏进来，面无愧色，与每个人热情亲吻、拥抱，谈笑风生。

至于饭点，更为一绝。

第一次来巴塞罗那游玩的学弟学妹，见面后，他们一坐定就惊诧地说：“我们昨晚刚抵达，入住酒店后，一看表，8 点钟，怕没有地方吃饭了，立刻跑出门，找了家餐厅，结果人家说，最早 9 点才开始营业！我们还以为听错了，在家里，一般5点半就吃饭了啊！”

我笑着抿了一口果酒，摸摸自己被“巴塞罗那化”的胃。的确啊，简单说来，和西班牙人生活在一起，已经从一开始的惊叹变成现在的被同化了。

早饭倒算正常，早晨八九点。但是中饭时间就不靠谱了，是在下午3点，晚上则普遍在10点左右开饭。

因此，刚来到巴塞罗那的时候，每次吃饭都会上演一出“饿狼传说”，也顾不得颜面，实在是饿到前胸贴后背。西班牙友人们一度认为我减肥有方，威逼利诱。个子小小，居然食量如此大。而温柔善良的玛利亚，每次都给我的盘里面放最大的一块肉，还关切地说，不够的话锅里面还有。

唉！情何以堪，每一次他们准备做个大分量的海鲜饭，9点半才优哉游哉地开始，洋葱炒出来的香味弥漫整个房间，让我泪流满面。

唯有我做饭，才是胃最开心的时刻。

他们都爱吃中国菜，从我第一次当“主厨”开始，朋友的朋友也慕名而来，于是每次只要我下厨，都要准备一桌子菜。7点半左右就开始洗菜切菜，饿了边做边吃。一桌子菜做完，看看手表，10点左右，刚好开饭。那时候，肚子才不会像平时等待餐饭那么可怜，毕竟手中有粮，心中不慌啊！

也是后来才知道的，其实西班牙人的“耐饿性”没有想象中那么强大。原来，在午餐和晚餐之间，有一个下午茶（西班牙语里称为Merienda）。也就是在6点钟左右，当地人都会去咖啡馆，点上一杯咖啡，加上一个小羊角面包，或者小点心充饥。至于早餐和午餐之间，那漫长的7个小时不进食，究竟他们是如何做到不饿的，实在是无从考证。思量再三，只得这样安慰自己，可能胃被设定的模式不同，我们中国人一到正午，就如同闹钟般开始咕咕作响的肚子，真是伤不起。

正常而言，11点钟吃完了饭之后，还要吃着点心聊聊天，看了电视或者阅读本书才去入睡。其实在国内这个时段，确切而言，吃的饭不称为“晚饭”，而是“夜宵”。想来好笑，当我拿起刀叉狼吞虎咽之时，在国内，我年迈的祖父祖母已经捧着无线电，在弄堂的石库门里酝酿睡意了。

有人感慨,生活在这种作息习惯的国度,只有两种下场:要么肥死,要么饿死。但奇怪的是，哪怕西班牙人吃的东西偏油腻，却也不胖，反而好身材的一大把，莫非又和基因以及骨架子有关?

上天真是厚爱这里的人!

如此每天“熬夜”，莫非第二天正常的上班时间都比国内晚？神奇的是，当地人照常一清早在去上班的路上和你热情地打招呼，一个呵欠也不打。

想了很久，才终于想起来为何他们民族那么有精神，像是血管里面流的不是血，而是红牛饮料。

原来是西斯塔（Siesta，西班牙语是午睡的意思）在作怪!

作为西班牙仅次于 Tapas 和“迟到”的伟大特产，一般人们在下午两点到四五点都会进行午睡，公司以及商铺都会在这个时候关门。他们都去哪里了呢?

放眼望去，餐馆与咖啡厅里面坐着的，是吃午餐的巴塞罗那人；公园草坪上面躺着的，是饭后小憩的巴塞罗那人；广场周围席地而坐，抽着烟聊天的，是等下准备回办公室继续工作的巴塞罗那人。

吃饭时间的不同也影响到了他们对于中午、下午、晚上的定义，所以，他们的时间观念与我们的偏差真的不是一点点。

有次友人约好说，我们下午一起去海滩玩。于是一两点的时候我就整装待发，防晒霜、草帽、沙滩浴巾一并准备好了，结果直到了五六点朋友才不紧不慢、一点羞愧感也没有地过来敲门说：“Vamos（我们出发吧）！”于是我真的很不解地说：“五六点中国人都吃晚饭了啊！”她反过来惊诧了，不可思议地说：

“五六点是下午啊，巴塞罗那的夜晚10点钟才刚刚开始。”

再有一次参加生日派对，说好了夜晚一起去迪斯科跳舞，结果我都换好了衣服，穿上高跟鞋，就等着出门。等啊等，结果快到凌晨1点钟，上下眼皮快要黏合时，朋友敲门说：“准备好了没？先一起去酒吧喝个酒再去吧！”

在巴塞罗那办事情，星期天所有店铺还有公司机构都是大门紧闭的。这一天，对于巴塞罗那当地人而言，是用来在家里聚餐，或是去海边晒太阳的，没有人会把这一天献给工作。

有个荷兰人告诉我其中的缘由：“其实啊，很久很久以前，在荷兰，农民很早起床吃了饭就一整天马不停蹄地工作，直到太阳落山为止。因为日照时间太少，所以‘准时’这件事情很重要。而巴塞罗那这样的地方，阳光多，所以大家早上起来吃完饭后去田地，下午天太热了，于是回家吃东西，吃完呢因为太热所以犯困。睡到傍晚太阳不是那么毒辣了继续上田。反正慢慢来，太阳一直在那里，不急的。”

听着还真有那么点道理！

这里没有斗牛可以看！

小女孩的幻想

第一次踏足这片土地，她只有20岁。在一个满是罗曼蒂克幻想的小女孩眼里，自然是不能理解下面的对话：

“我想去看斗牛！在巴塞罗那该去哪里？”她问当地朋友。

“这么野蛮冷血的事情，你真的支持吗？！”

她幻想的西班牙人，就应该是斗牛士的模样，有一股散发着野性的狂放不羁。必定是个五官轮廓分明、英俊的西班牙人，穿着用金银线绣出来的复杂花纹的外套，披着一块华丽的披肩，系着宽宽的腰带，裤子是贴身的，仅及小腿肚，健壮的肌肉清晰可见，红色的长袜，头戴一顶黑色的三脚帽。

他是个英雄，站在舞台中央，举起手中的红布，庞大的公牛两眼发红，朝他冲来，掀起一阵尘埃。他却没有一丝害怕，依然镇定地站立原地，牛和他的身体只差几毫米的距离，他迅速移开，牛角、牛身迅速穿过红布头，他和死亡如此接近，但机警地躲开了。

那一瞬间，掌声和哨声不断，人们呼喊着：“欧莱！欧莱！”

他脱下帽子，朝着席位上他第一眼爱上的美丽姑娘抛去，露出任何人都无法拒绝的笑容……

被禁止的原因

她来到斗牛场，却惊讶地发现，如今这里已经成为了购物中心。

身边的西班牙人，居然没有一个看过他们的“国粹表演”。在闹市广场，常能见到关于禁止斗牛的宣传海报。

甚至，每当有朋友来到这里，想要看斗牛，她也会像巴塞罗那人一样，深恶痛绝地摇摇头，回答说：“在这里，斗牛是被禁止的。”

渐渐地，在一次又一次巴塞罗那当地朋友的解释下，她明白了为什么这是野蛮冷血的表演。因为，她没想到的是接下来的一幕，牛会被残忍地杀害，倒在血泊中，被 4 匹马拖着绕场一圈展示。

别人都说，加泰罗尼亚人爱钱。可是，在坚持底线上，他们却是决绝的。

旅游业作为支柱产业的巴塞罗那，斗牛表演每年可以带来至少3亿欧元的收益。斗牛在西班牙是一种产业，每年举办2000场斗牛比赛，产值高达25亿欧元，就业人数为20万，占全国劳力的1%，现在西班牙国内有300多个斗牛场。

可想而知，这是一个多么巨大的产业链。从牧场上的工人、管理者、斗牛学校、斗牛场、经纪人、斗牛士到斗牛士衣服的制造商、斗牛纪念品生产设计人员……

面对这自古以来的传统以及赚钱的好门道，巴塞罗那坚决地站在了反斗牛的立场上，成为西班牙最著名的反斗牛中心，曾有18万的加泰罗尼亚人签名，请愿取消斗牛赛。

斗牛的历史

斗牛的传统，可以追溯到罗马人统治时期，当时伊比利亚半岛上已经有斗牛的习俗，武士用斧头将公牛杀死，然后祭祀神明。其后，哥特人延续了这种传统。到了摩尔人统治时期，北非人由于擅长骑马，于是改良了斗牛，变成骑着马用长矛刺牛。

13世纪，阿方索十世国王将斗牛作为祭祀的习俗，正式改为娱乐性质的斗牛比赛。1555年，卡洛斯五世在巴利亚多利德广场杀死了一头公牛，以庆小王储来到人世。由此，在接下来长达600年之久的时间内，特别是在战事不多的18世纪，斗牛成为西班牙贵族们热爱的运动，并且，又回到了徒步斗牛的形式，为的是更有刺激性。贵族们认为这是能证明一个人勇敢善战的方式。至于平民百姓，他们只能在一旁观看，没有资格上场。

波旁王国第一位国王费利佩五世，在18世纪中叶极其反对这项运动，在他看来，这只能给皇室成员带来无谓的伤害。因此，这本来只属于贵族的运动，正式进入平民百姓之中。真正的斗牛表演，也就是此时产生的。

时至今日，为了越来越有看点和娱乐性，斗牛表演经历了一次次的改革，譬如让斗牛士一手持剑，一手持红布头。

她到了南部的安达卢西亚，这里斗牛依然盛行。她坐在小酒吧里，电视上正在转播斗牛表演，第一次看，竟然心惊肉跳。她想到巴塞罗那的朋友们义愤填膺地说的那些话："要杀牛，就好好杀，他们这样子，是对牛的折磨，看的人是抱着怎样的变态心理啊！"

原来，斗牛发展到如今，是有一个流程的，分为4个部分：引逗、长矛穿刺、上花镖以及正式斗杀。

其实，斗牛并不是一开始就把牛放出来，人和牛进行"肉搏"。在斗牛场，使用的是体重400到500公斤的非洲纯种公牛。表演开场为引逗，有3名斗牛士助手先引着公牛全场飞奔，让牛疲惫，消磨它的锐气。接着，长矛手出场，在牛的背颈处深深刺入长矛，这时候，因为剧烈的疼痛，公牛会更加愤怒。再接下来，花镖手出场，手里拿着带有金属利钩的花镖朝牛身上攻击，达到放血目的。

大概，这也是为何动物保护协会看不下去的原因，对于牛而言，死前要承受巨大的痛苦。

紧接着才是表演的高潮，斗牛士穿上华服，手持利剑和红布登场，用红布引诱，使牛失去思考能力，冲过来，他表演闪避动作。牛常常因为身上的长矛还有花镖越刺越深，奔跑时体力消耗越来越大，最终，倒地而死。

在西班牙，法律明确禁止14岁以下公民观看斗牛表演，也禁止14岁以下的青少年成为斗牛士。

心理学家分析斗牛被人们热衷的原因，总结道："斗牛士在死亡近在咫尺时，表现出的从容镇定甚至幽默洒脱，令人倾倒。这种充满戏剧性的表演给生活在平凡中却渴望激情的拉丁人注入了强心剂，给了他们一个体验热血沸腾和就近欣赏到生与死、人与兽较量的绝佳机会。"

血腥的一幕

但是，不是每一场都是那么潇洒的。

在西班牙，每年在斗牛场上这样死去的公牛有 5 万多头。另外，在西班牙 300 年的历史汇总中，125 名最有名的斗牛士中有 40 多人死于牛角之下。

到现在，我还记得在巴塞罗那市中心展示的过去的斗牛照片，有一张极其血腥。曾有一名斗牛士，名为朱利奥·阿帕里西奥，是西班牙著名斗牛士。

2010 年 5 月 21 日，41 岁的他，像过去一样在马德里表演斗牛。

他不小心跌倒，这时候，身上插着长矛，500 多公斤的公牛向他冲来。要知道，这种供斗牛使用的牛很特殊，必须在旷野上采用放养的方式饲养，养 4~6 年才允许上场。这样的牛很野很凶，强健有力，有胆量向疾驰的火车进攻！

公牛朝他展开了凶猛的攻击。它冲向他，尖锐的牛角刺进了他的下巴，然后，直挺挺地从他的嘴巴里戳了出来。牛角直接刺穿了他的咽喉还有舌头，然后又将他挑向空中。看的人，甚至不需要看，都能感到一股彻骨的疼痛和恐怖。

当公牛撤回了牛角时，阿帕里西奥倒地，血是喷出来的。

如果在斗牛场上，公牛没有在规定回合内被杀死，观众们可以要求赦免，放这头牛回到山里，从此，这头牛就会被好好供养，过着无忧无虑直到老死的生活。但一般来说，99% 的牛一旦上了斗牛场，就必死无疑。

根据过去的报道，这时候其他的斗牛士火速冲进斗牛场，杀了公牛，救援人员将阿帕里西奥立刻送去抢救，幸运的是还算及时，他脱离了生命危险。

记者在现场拍下了那一瞬间的照片，极具震撼力。后来，这张照片经常被用在反对斗牛的活动中。

如今的购物中心

斗牛场类似于古罗马竞技场，圆形的露天沙地。因为是露天的，所以斗牛在冬季停止表演。有人戏称，在西班牙，一切活动都可以不准时，唯一分秒不差的就是斗牛了。在西班牙的斗牛季，星期四和星期日是斗牛日，表演从下午 5 点开始，持续 2 小时。

四周围有 1 米高的挡板，可以防止公牛攻击看客，必要的时候，斗牛士可以躲在后面。周围是阶梯式的看台。在看台下面，有祈祷室、急救室和牛圈。祈祷室是每个斗牛士在开始斗牛前都要去做祷告的地方，祈求平安。

巴塞罗那曾经有两座斗牛场，都已经不再有斗牛表演了。其中一座在西班牙广场，建于19世纪，古老的墙壁，我曾摸着走过一圈，闭上眼，好似可以看见藏在这些石头里的回忆，当年人声鼎沸的场景。

现如今，它已经成为了集娱乐休闲多功能于一体的商业中心，10万多平方米，6层，100多个商铺。斗牛场的外表依然被好好地保护下来，只是内部装修得非常现代化。在这里，你可以买到西班牙本土品牌，如Desigual、Mango、Zara，底下有超市，还能找到年轻人最爱的FNAC！

这种过去的时光与如今结合，也许，只有巴塞罗那才能让一切变得那么自然吧。

查看当年的报纸，在巴塞罗那最后一场斗牛表演中，许多人为的是见证这一历史的时刻，毕竟，斗牛在西班牙有着那么悠久的历史，能如此决然放弃，是多大的变革！

门票竟然炒到了3500欧元一张，依然一票难求。1.8万名观众涌入，很多人是全裸进场，用涂料把自己染得鲜红，表达了这项运动对生命的轻视；也有的人是反对禁止表演的。这一场演出，斗牛士是28岁的卡塔兰•塞拉芬•马林，他依然尽全力做了一次完美演出。

结束后，被记者采访时，他说："我对此感到悲伤，他们拿走了你的过去和部分未来。"但是，他依然坚持他的事业，转战西班牙其他区域，还有法国等地。

媒体也采访了一些斗牛表演的拥护者，有人说："斗牛有那么久的历史，居然说取消就取消！"也有人遗憾地说："就像做梦一样，我都不敢相信，这就好像是无法接受某个熟人突然死去的那种感觉。”

加泰罗尼亚人在16世纪的确对这一运动很热衷，它也曾给西班牙带来了巨大的经济收益，但随着时间的流逝，人们思考过了，于是决绝放弃了。他们肯否定过去的自己，并且放弃暂时的东西，坚持底线。

这座城市，是那么有魅力！

要不，来个屎人一起过圣诞吧！

圣诞节，即一年一度的西洋春节。

全西班牙放假，巴塞罗那哥特教堂前，圣诞市场人山人海。颇有上海南京路随手扔个砖会砸死两三人的架势。

孩子们骑在父亲肩膀上，修长的睫毛下，是一双双好奇的大眼睛；年轻夫妇手挽手，不时亲吻，女孩微笑地抚摸着微微隆起的肚子；年长一点的，女人依偎着男人，不时耳语，看见新奇玩意儿，伫立在小摊前，女人变回小女孩，惊奇地连连感叹。

如此高尚的节日，似乎无论如何与“屁股”这两个大大咧咧的字无关。从古至今，谈“屁股”色变，此物乃不能登大雅之堂。

瞧吧，从未有任何诺贝尔奖得主在得奖时大谈特谈屁股感言；也不曾看见在娱乐颁奖礼上，某个穿着华服、妆容精致的女演员，从香奈儿口红涂过的嘴唇中突然蹦出这两个字来。

但在巴塞罗那的圣诞节，这般神圣的节日中，屁股堂而皇之地无处不在。没了它，就像是春节没了春卷，元宵没了汤圆。

最有特色的屁股，莫过于泥塑的Caganer——屎人。

屎人，是加泰罗尼亚地区小重口味但传统著名的纪念品，同时，也是加泰罗尼亚地区的一种传统圣诞饰品。

传统意义上的屎人，是个用木头或者黏土制成的农夫，戴一顶红色的加泰罗尼亚帽子，半蹲模样，惬意地拉大便。这一种玩偶，诞生于18世纪，来源于宗教，被放置在耶稣降生地，也就是马槽旁。加泰罗尼亚人认为，屎人是在给大地施肥，它们是来年丰收繁荣的象征。后来逐步演化，每当圣诞节来临，加泰罗尼亚人将屎人藏起来，请做客的朋友寻找。

圣诞节，自然是屎人当道。

如今，无论是移居巴塞罗那的夏奇拉，还是帅气的梅西，或是一脸正派微笑穿着西装的奥巴马，以及小朋友们为之疯狂的动画人物，都会被民间艺人做成正在蹲坑的小泥人，露出半截光洁的屁股，下面具有象征意义地用深棕色的泥巴做一团排泄物。

名人也有屁股，再帅的脸，背后也有屁股，再香的仙女，没了屁股就是怪物。可爱的西班牙人啊，他们爽朗，喜欢开玩笑，尤其是巴塞罗那人以幽默著称。打开电视，看哪一个谈话节目不是在哈哈大笑着呢?

他们的全民娱乐精神令人赞叹，我记得在朋友家，最常看的除了足球，就是恶搞剪辑政要的节目，时不时还穿插在街头访问老太太的镜头，合成为说唱类型的。大家特别爱那节目，每个人看都笑得前仰后合。在他们的各大娱乐报纸上，还有个类似许纯美的西班牙版本，供人们当做饭后谈资。

似乎，没有什么事值得哀伤到第二天，遇到了破事，要么一笑而过，要么找点乐子。

说到排泄物，在西班牙语中，连3岁小孩都会可爱地念出屎这个字——“嘎嘎”（西语为gaga），宛若中文“便便”，但远比其发音简单，一如单音节的爸爸、妈妈。没有人认为排泄物是丢脸的，只不过是正常的“物质”，甚至是可爱的。

在圣诞市场里，除了正在拉屎的梅西之外，最受欢迎的就是一堆堆面带笑容，生来就被打一顿的木头。

在加泰罗尼亚地区，还有一个传统，把树前后砍一段，中间掏空，一侧画上张笑脸，然后分派给每个小孩一根木棍，让他们一直对着树干打。从另外的一端，也就是“屁股”，会吐出圣诞礼物来。

广场的大舞台上，有一个木棍和一段木头，小孩子们就在那里拿着木棍尽情敲打，让一年下来因为母亲不曾答应买糖果、汽车玩具的这股愤恨流淌，而大人们在一旁兴高采烈地拍照。

其实，为何屁股不登大雅之堂？因为来到巴塞罗那，圣人也撕下了伪装，屁股得到了应有的地位。

另外，如果你是巴萨的球迷，不可能不知道“古雷斯”的意义。在西班牙，“古雷斯”指的就是巴萨的球迷们，它的西班牙语意思则是——屁股。

屁股，作何解？

在20世纪中叶，当时还没有如今的诺坎普球场，巴塞罗那球队在一个小球场上踢球，条件有限，观众只能坐在细条板凳上看球，一个个都露出半个屁股。由于那个小球场没有围墙，每个路过球场的人，一抬头就看见无数的半个屁股，成为当时巴塞罗那一大奇观。

因此，一旦讲到巴萨，当地人脑海里浮现的并非球场上奔跑的帅哥，而是那一排排壮观的屁股。

不过，要说到巴塞罗那人的重口味，还可以介绍下如今的新地标。一座法国人设计的造型极简的“小黄瓜”建筑，建立在圣家堂附近，算得上巴塞罗那最高的建筑。太阳光底下，是七彩的。圣诞年末开启动态彩灯，到了夜晚更是亮眼。

而巴塞罗那的居民们从来不叫它 Torre Agbar，而是 la polla Barcelona（巴塞命根子）。得到如此爱称，不仅是因为外形，还因为功能——它是巴塞罗那自来水公司总部大楼。

“亲爱的，等一会儿我们在 la polla Barcelona（巴塞命根子）附近见！”

1 | 2

3

左 . 巴塞罗那自来水公司总部大楼

右 . 巴塞罗那的明信片

下 . 圣诞节会吐出礼物的树干

ESTUDI

TU MENT
CAM
BIA

难道又罢工了？！

提及巴塞罗那，人们更多地联想到它的旅游业，只有少数人才知道，它还是欧洲最重要的工业城市之一。

1492 年，哥伦布发现了美洲，殖民运动促进了巴塞罗那的对外贸易，有钱人纷纷建立起了棉布工厂，此后，加泰罗尼亚由此成为欧洲早期工业革命的主要中心之一。曾有个英国人在当时探访巴塞罗那，写道：“当你漫步在有着宽阔而有活力的工业街道上的时候，走到哪里你都能听到木制机器嘎嘎作响的声音。”

19 世纪是西班牙工业的黄金时期，巴塞罗那在 1832 年建立了蒸汽机纺织工厂，一举成为全国工业最领先的城市，号称“西班牙的曼彻斯特”。

同时，这里也成为西班牙工人运动最早兴起的城市。也就是说，对于罢工和游行，巴塞罗那人在西班牙是最有经验的鼻祖。

巴塞罗那的机场时常发生罢工，尤其可恶的是它毫无征兆，只会在罢工前两三个星期公布。我运气好，每次飞巴塞罗那的时候，都与大罢工刚巧错开，不然改航班、机场滞留……是很麻烦的。

至于每次地铁罢工，着实会给生活带来极大的麻烦。

随着西班牙经济的恶化，当地居民被裁员的越来越多，生活越来越不济，

人们的不满在不断升级，尤其是那些一毕业连端盘子的工作都找不到的年轻人，青春的热血在燃烧，不时地举行抗议活动。

人们的待遇也差了起来。阿曼达生了小土豆以后，向我抱怨：“以前在西班牙每生或领养一个宝宝，都会得到一张‘宝宝支票’，每个月可以去领取奶粉钱。但从 2010 年开始，这项居民福利就被彻底取消了。”

通常的罢工时间为 24 小时，公共交通一律停止，基本上所有店不营业，学校、银行、餐馆大门紧闭，人们走上街游行，呼喊口号。现在每每说到罢工游行，不少人感到恐慌，大家宁可待在家里。

蒙面的青年们对着大百货公司、星巴克、加泰罗尼亚广场的苹果店进行砸、抢、烧。游行过后，市中心街头只有散落一地的垃圾、玻璃碎片、被涂鸦的橱窗、狼狈不堪的店。

因此，在巴塞罗那，如果遇到罢工游行，别觉得好玩，尽量在屋内待着。如果不得不出门，一定要远离垃圾桶，因为暴乱中会有人点火！

乡愁泛滥就去 Fondo

在巴塞罗那没有传统意义上的中国城，却有一个区域被本地人称作中国人的地盘，那就是 Fondo，到那里非常方便，只需坐地铁到红线的最后一站。

玛利亚向我介绍 Fondo 的时候，表情夸张："那里简直就是中国！"（她没有去过中国，但在她眼里，中国应该长得和 Fondo 一样。）

"那里全是中国人，卖中国东西，连马路上的路牌都是用中文标的！"

当我走出 Fondo 站的时候，迎面走来了一群中国人，放眼四周，全是黑头发黄皮肤的同胞们。在街上走，恍惚间还真觉得自己回到了国内，像极了某些国际景区的商业街。

有播放着中国网络流行音乐的鞋店，有招牌是"温州美女"的衣服小店，也有中国药材店、百元店、理发店。有一家令人感动到落泪的店，专卖枸杞、干豌豆、绿豆、红豆、坚果这些中国干货……不过生意似乎平平，或许因为这时候是西班牙的午睡时间，出街的人不多。那些营业员看起来也都是二三十岁的中国年轻人，靠在店门口对着外面发呆。这里的招牌果然都是中文的啊！

见着西班牙人时，倒令人恍惚。

在街边的一家小酒吧点了瓶饮料，营业员是中国人，老板还是中国人。他让我趁着在这里，去一个海鲜市场逛一逛，有我们中国人爱吃的海鲜，许多中

餐馆都从这儿批发的，生意特别好，价格又便宜。

临走前，我见到路边贴满了招聘启事。有一家服饰店要转让，店主要回到青田。有一家百元杂货店要招个店员，一看要求：必须会说青田话！

我又突然想起来，有个朋友说，他家楼下有家中国人开的餐馆，因为被查封，所以老板受不了压力跳楼自杀了，留下妻子和小孩。他不解为什么要自杀，连死都可以，却没想到照顾妻子和孩子。

好像，这个老板也是青田人。

回家一查，才明白原来青田人与巴塞罗那有着历史渊源。1926 年，就有青田人到西班牙做小买卖的记录了。1992 年，巴塞罗那举办奥运会，不但是各国的大事，也是西班牙 50 万非法移民的喜事：政府进行了有史以来规模最大的一次大赦，这当中包括了一大群青田人。据说，有至少 8 万人合法定居西班牙。

并且，青田人喜欢相互帮助，因此在巴塞罗那他们的商店都开在一起，有新的人来，想借资金创业，也能立刻得到慷慨的帮助。

我还记得，去过一次偏远的加泰罗尼亚小镇，那里商店本身不多，因为在很高的山顶，并且四周隔离，没想到居然还能找到中餐馆！

不过，在市中心也有一条街，也全是挂着中国招牌的店，在凯旋门旁边，被称作是“批发街”，已有100年历史，卖的都是从国内批发过去的衣服，让本来只知道开餐馆的中国人找到了新的生意。

根据一项政府统计，这里85%的店主都是青田人！

一点也不斯文的嘉年华

如果足够幸运，恰逢其时，你不能错过在西切斯举办的嘉年华。

盛典通常在夜晚进行，花车游行，上面的表演者都打扮得令人瞠目结舌，有的远看以为是裸体，近了才知道原来是穿了“裸体制服”，有的男扮女装，还挺像的，但故意留了一把大胡子。而高手却在民间，你会在游行队伍旁边的路人中，突然看见《电锯惊魂》的主角，你会和海绵宝宝擦身而过，在不经意间超人又向你问好。

可惜的是我没有制服，和朋友出发去参加嘉年华前，整个人闷闷不乐。

他们跑来，说:“哈哈，你这样出去就可以，因为你不化妆就可以假装亚洲人。”

什么逻辑！不过想来也对，不管是在诡异的嘉年华游行中，还是欧洲街头熙熙攘攘的人群中，黑头发黄皮肤都还挺特别的。

嘉年华并不专属于巴塞罗那，这是一个以宗教故事为背景的世界性节日：故事发生在一片茫茫无际的荒野上，没有一点生命迹象，没有水，没有食物，大声喊叫，连自己的回音也听不见。

已经是第40天了，时间过得漫长，饥饿与孤独包围着他。魔鬼一次又一次前来诱惑，一会儿是甜美的水果，一会儿是满桌的佳肴。他从未动摇，也从未显现一丝屈服的迹象，最后，魔鬼无奈，只能放走了他。

他就是耶稣。

为了纪念那荒野的40天，《圣经》的信徒将复活节前40天作为斋戒的日子，体验耶稣过去的坚毅。人们不吃肉，不娱乐，过着严于律己的生活。

于是，在斋戒开始前，往往是一周或者半周，整座城市都会举办大餐聚会，人们聚集在一起，打扮一新，喝酒、跳舞。这就是嘉年华的雏形。它的原意是指，在斋戒之前，先玩得痛快。

不过渐渐地，40天的斋戒由于坚持的人越来越少，逐渐被取消，这欢腾的节日却被传承了下来。

在西切斯，每年都会举办隆重的嘉年华。我曾参加过一次，夜晚9点，抵达海滩边，竟然人山人海，颇有国内不夜城商业街的气势，在欧洲实属罕见。

也经常参加朋友们的派对，他们一个个回忆过去，就会告诉我：“曾经在我们小镇，16岁的时候，我们几个参加嘉年华，赢得了第一名，因为做的道具最有个性！”

与其说嘉年华是一种文化，倒不如说这是加泰罗尼亚人对于生命燃烧的具体表现，他们不安于室，除了节日之外，需要找更多机会与别人分享这份热情，于是，也就有了嘉年华——人们精心打扮，甚至扮相另类，喝酒唱歌，尽情跳舞，让整个小镇甚至整座城市都陷入高涨的情绪。

最早有记录的嘉年华，是在1294年的威尼斯。

如今，它作为欧洲的传统节日，也在全世界颇为流行。最著名的嘉年华，有巴西圣保罗嘉年华、威尼斯嘉年华，还有牙买加嘉年华。

在上海和荷兰，我见到的嘉年华与巴塞罗那的很不相同，更多的是大型的游乐设施。在荷兰，这些游乐设施终年像是巡回演出一样，出现在各个小镇，但绝对没有人们穿上奇怪制服上街，喝酒参加派对这样的景象。而在巴塞罗那，常不见游乐设施，人们倒是更热衷于聚在一起，打扮一新，尽情尽兴。

嘉的意思是好，年华则带有太多文绉绉的气息，拼在一起，嘉年华，宛若似水流年，与狂欢节那一幅人神共舞的画面不相搭配。这个说法最早来源于港式翻译，Carnival，虽然的确也是一段好时光，气氛却截然不对。

要知道，嘉年华可是一点也不斯文的。

// 嘉年华

人人练就吞葡萄功

有一个足球运动员，因为要参加在国外的邀请赛，所以新年夜只能在飞机上度过。他带了葡萄，给团队每个人 12 颗。

根据以上条件，请在 1 秒内回答，这个足球运动员是哪里人？

西班牙！

在马德里的太阳门广场，按照传统，每年都有 100 万人聚集在那里，在新年夜晚许愿，当倒数钟声敲响 12 下的时候，每个人依照顺序吃下 12 颗葡萄。最严苛的要求是，一定要在钟声结束前吃完，许下的新年愿望才能够成真。

虽然听起来浪漫，但选择的葡萄大小，是否有籽，皮怎么办，这些都是问题啊！

12 颗葡萄在嘴里，不可能同时咀嚼，尴尬的是还可能“侧漏”；籽是吞下去还是用舌头拨到一边，该怎么吃；平时讲究的人，剥了皮就肯定没希望许愿成真了。

于是，流传着这样一种说法，西班牙政府非常体贴，考虑到这些后，太阳门广场的钟声不是按照秒数，而是人平均吃一颗葡萄的速度来响的，不过，也只是听说而已。

“新年到，吃葡萄，12 粒，刚刚好。”这首很俗气的打油诗被西班牙祖辈相传。

大概 12 个葡萄象征着一年有 12 个月，而葡萄可以做葡萄酒，是西班牙特产之一，象征财富滚滚，可能也象征着酒鬼可以喝更多酒。一颗葡萄代表来年的一个月份，所以每敲一次钟时，吃掉一颗葡萄，来年就会交好运，敲 12 次，吃 12 颗，那么来年就会一整年走好运了！

所以年末的葡萄卖得很贵。

在巴塞罗那，人们就会去加泰罗尼亚广场、流浪者大街还有皇家广场上聚集，四处水泄不通，人潮汹涌，每个人都会拿着 12 颗葡萄，聚集到可以听到钟声的地方，倒数跨年。

届时，可以看见狼吞虎咽、奋不顾身、形象全无地吞食葡萄的众生相。

没被偷过？那就不算来过巴塞罗那

从前，有一对小情侣，他们还没结婚，来到巴塞罗那，心情堪比度蜜月。他们在广场休息，相机放在两人中间，吃着雪糕，欣赏着面前的街头艺人表演。一走神，相机就不翼而飞。去了警察局，满屋子都是被偷游客在报案。

从前，有一个台湾女孩，和朋友们来到巴塞罗那，酒店刚刚安顿好，迫不及待奔向沙滩，然后奔赴世界上最美丽的大市场。要付钱的时候，低头一看，钱包连同护照一齐被偷了。才第一天！无奈台湾使馆在马德里，只得连夜赶赴那里去补办护照。

从前，有一个在葡萄牙读书的男孩，复活节假期，他来到巴塞罗那。先是大白天在地铁里，站在靠墙角落玩手机，被一群人包围，背包被抢走。然后，坐上火车后，一转头，行李箱也不见了。幸好护照和银行卡在随身小包里，他一身轻松地回去继续念书了。

True story！这些都是发生在我身边的真实故事。

“注意财物安全！”这是所有去过巴塞罗那的人会和你说的第一句话。

欢迎来到欧洲大名鼎鼎的小偷之城，忘记是哪一年的调查报告了，巴塞罗那荣登“小偷最多城市”的第一名。

小偷散布在这座城市的各个角落，他们趁你在地铁低头看手机时摸走钱夹；

他们在麦当劳趁你大口咀嚼汉堡时，拎走背包；他们在海滩趁你睡着时，席卷任何值钱的东西；他们在你被街头艺术家表演震撼到目瞪口呆时，划开你的名牌包；他们在火车站角落专门包围落单的乘客，并夺走行李……

听起来恐怖吧？不过，也别当回事，因为巴塞罗那人早就习以为常了！反而，你在巴塞罗那没有被偷过，那简直不算来过。

刚工作的最初几天，和一个同事顺路去地铁站。他叫布莱尔，英国人，来这儿工作有些年头了。我一边抱着手提电脑，一边和他说笑，突然他想起什么似的，惊恐地对我说：“你不能这样抱着电脑在街上走！”

我愣住：“为什么呀？”他摇了摇头，哀伤地说：“巴塞罗那小偷太多了！我来这里没几天，手机就被偷了。那天我就在星巴克看书，我在英国都会把手机放桌上，突然有个小孩跑过来，抓了手机就跑出去，我去追没追到。你电脑这样抱着，说不定会有人来抢，小心点啊。”

不过，在巴塞罗那我的电脑一直没被偷或抢过，但曾几次三番察觉到被偷的危险。

有天下班在加泰罗尼亚广场上的麦当劳吃晚饭，突然感觉身边有什么不对劲，往边上一看，座位空了！我的书包不见了！我立刻站起身，跑到门口，眼睛不断搜寻自己的蓝色书包。这时，我发现有个男人低着头，手里拎着一件黑色的大衣，随着他走动我隐约看见了熟悉的蓝色。我径直走向前抓起蓝色的东西，正是我的书包！

我抬起头，看见了一双到现在依然难忘的眼睛：起先是愤怒，而后是恐惧。

凭长相判断他应该是东欧人，感觉他的手在硬拉着包，不肯还我。我怕他跑，于是喊起来：“这是我的！”他立刻松手，没事一样往前继续走，下一秒消失在市中心人海中。真是一个经验丰富的小偷，换作新手，肯定吓得奔起来，而在人群里狂奔却又容易被抓住。

拿着包回到座位上，我的心狂跳，还好意识到了，不然包丢了麻烦就大了，里面不但有钱包、手机、电脑，还有护照！

有一回相机在海滩被偷了，连带刚买的镜头，心疼了许久。毫不夸张地说，人生观甚至因此改变！虽说在国内也曾被小偷光顾过，但从未有如此昂贵的代价，又况且这台相机又意义非凡，在欧洲业余时间，不能再沉迷电影和电视剧了，于是决定培养新爱好，不想却失去了它。摄影穷三代，我没想到还没拍出个影来就穷了。

带着哭丧的脸，出现在朋友的聚会中。看我这表情，大家以为出大事了，但一听是被偷，都忍不住笑起来。不仅仅是游客，每个巴塞罗那人都有过被偷的经历。

玛利亚说，有天在火车站等车的时候，感觉有人在拉她的包，她回头一看，是个高中生样子的小男孩，她把手伸进包里，抓出他的手，没说话，只是做了一个“这不对”的手势。

荷苏斯说，他和安东尼奥一起吃中饭，有个吉卜赛女人过来要钱，他们没有理睬，可过了不久却发现桌子上的手机随之消失。

心情平复后的一天，我和朋友一起乘地铁，我正发着呆，朋友突然大喊一声：“你要做什么！”正对面的游客同时也感觉四周有股凶狠的气息，这时听见一个低沉的声音说“不关你的事”。车厢其他的乘客也朝我们这里望过来。

我毫不知情，惊诧地问朋友：“怎么了？”这时到了加泰罗尼亚广场，我们下车，他解释道，上车时就觉得有个人总盯着别人的包看，所以格外注意。他一见那人鬼鬼祟祟地把手伸进对面游客的口袋，就喊了起来，那小偷还嘴硬。

既然说，不被偷过就不算来过，在马路边，也很容易见到低沉的欧洲年轻人，被骗了或被抢了。

又到了旅游季节，巴塞罗那市中心慢慢地拥挤起来。阳光、海滩，海鲜美食，逛街、购物，这座城市一年有着 2524 小时的热烈阳光，可是背后却隐藏着许多游客不悦的经历，譬如被小偷偷，譬如被强盗抢，更有黑手党在白天持枪恐吓。一次和朋友走在市中心，一个年轻男孩很悲伤地坐在街边，身前放了一张纸，朋友给我翻译，上面写的大致是："我的所有行李昨晚被人都抢走了，现在身无分文，连护照、身份证都没了，求大家帮助。"

也经常在夜里路过流浪者大街，连西班牙朋友们都会说晚上自己一个人都不敢走在那里，因为夜里吸毒贩毒者还有小偷强盗很猖狂，是明目张胆地偷窃。其实白天也都有强盗明目张胆地偷窃。

一同实习的丹麦女生，前天刚说在地铁上遇到小偷拿走她的钱包，被她发

现后只能交出；昨天又听见另一位办公室同事说在 Raval 街区，大白天遇到黑手党一群人拿着枪在那里恐吓。于是，今天中午发生在我身上，大白天在人多拥挤的餐厅里包被窃，幸好及时把包要回来了，没有损失，事后想起仍然心有余悸。

很多人为巴塞罗那愤愤不平，没有被评为“世界十佳旅游城市”，完全是因为小偷影响了这座城市的排名。

不管怎样，在这座城市，我学会了对物件抱着洒脱的心态，有时挤地铁，出来时一摸钱包还在，就会有莫名的幸福感。

前不久见有人去巴塞罗那，特地打了一把新锁，出门把书包拉链锁得牢牢的。我想起来，他以前来过巴塞罗那，除了沙滩上的照片，最铁的证据就是：他！被！偷！过！

安全提示：

1. 走在街上如果有人来搭话，譬如说“你的相机真棒”，“你的衣服好漂亮”，不要理睬，更不要和他们一起走；

2. 夜晚不要一个人出行，就算是再宽阔的大街也很危险；

3. 即使白天，也不要走小道，在那里遇到强盗，就算大叫也无人帮助；

4. 搭乘扶梯时，如果感觉到身后有异样，第一时间回过头；

5. 吃饭的时候，包放到桌上，因为即使不是 LV 只是书包，小偷也会看上；

6. 发现异样，立刻观察周围；

7. 出门游玩时，留一份护照的复印件；

8. 记住中国大使馆的电话。

人生就像新大陆，你要像哥伦布一样去寻找

大海是这座城市的生命。面对着大海，若是白天，海面是蓝色的一片；若在夜晚，星星点点的船灯，城市的光污染不算严重，可以看见星星，有时候月亮很大；若是西切斯，沿着山路开，选择非付费通道，像山路十八弯一样，到最后头晕目眩，但风景是极其美丽的。

在流浪者大街的尽头，路过马路边上一排排画家的身旁，通向海港的转角，就是哥伦布广场，中间伫立着高高在上的哥伦布雕像。

为何在这里建造？据说，这里是哥伦布第一次航行返回西班牙的地点，并且，也有历史书里这样写，巴塞罗那就是克里斯托弗•哥伦布航行完毕后向伊莎贝拉一世和斐迪南二世报告的地点。

我还记得第一次来到这里，过马路往哥伦布广场走去，斑马线上写着一句警示标语："在巴塞罗那，每 3 个死于交通事故的人，其中就有 1 个是死于过马路。"

抬头，正是哥伦布左手拿着地图，右手指着美洲。哈哈，好玩的是，现在的人们，死在车轮下的，比死在航海冒险路上的还多。

在这车水马龙的圆环路上，这哥伦布的雕像，建立的用意是纪念美洲和加

泰罗尼亚之间的贸易往来。哥伦布塔是可以登顶的，可以看见流浪者大街还有奥林匹克海港的全景。不远处，还有个海洋馆，是欧洲著名的水族馆之一，里面有 450 种不同的物种，是一条长达 80 米的水下隧道，人们还可以在可爱的鱼群中潜水。

广场一旁是深水码头，停着密密麻麻的私人游艇，如果运气好，还会看见哥伦布出海的“拉亚尼号”的复制品！

纪念柱所在的位置就是当年大航海家第一次从美洲回来上岸的地方，而他右手指的就是美洲的方向，左手拿着的就是美洲的烟斗。

加莱亚诺在他的《拉丁美洲被切开的血管》中写道：“当哥伦布到达圣萨尔瓦多的环形珊瑚岛时，他被加勒比清澈透明的海水、绿色的风景、清新温和的空气、色彩斑斓的飞禽、好身材的小伙子以及生长在那里的‘美俊而温顺的人’搞得眼花缭乱。”

他指的就是 1492 年 10 月 12 日那天，哥伦布改写了西班牙的历史。

在如今，10 月 12 日不仅是哥伦布日，更是西班牙的国庆节。很有趣的是，西班牙的国庆节，居然是因为一个意大利人发现了美洲而定下的。不过哥伦布也因此被西班牙人爱戴，他最终死在了西班牙的巴利亚多利德。

一天，经过 40 天的航行，哥伦布站在船头呐喊：“土地！”他登上了西半球的第一块陆地，并将其命名为圣萨尔瓦多（圣神救世主的意思）。

土著人非常友好地搭救和接待了这一批深陷沼泽有生命危险的西班牙人，但换来的，却是急切的关于黄金在哪里的询问。他误以为自己到了东方，却没想到竟是古巴，哥伦布带回了当地的烟草，在当时，欧洲人抽烟成为时尚。

西班牙人认为黄金就是一切，哥伦布在日记中写道：“有了黄金，有罪的人也可以进天堂。”可是，在这群淳朴的印第安人眼里，黄金是“太阳的汗珠”，白银则是“月亮的眼泪”，是浪漫的，它们的美来自做成器物之后的精美，金块的价值远远低于这些。

因此，他们无法理解为什么西班牙人会将黄金制作的艺术品贪婪地投入火炉，制成毫无美感的金块。

从那天开始，西班牙开始了殖民南美之路。

但是，这个节日在巴塞罗那也是备受争议的。哥伦布并不是第一个踏足美洲的人，因为在他以前，早已有维京人来到过，他不过是“寻找”之后的“发现”。

并且他的到来，打开了南美洲被侵占的血的历史，长达150年的种族屠杀。特别是1496年，哥伦布抵达海地的第4年，当地30万土著泰诺人被屠杀后仅剩20万。

与其说哥伦布改变历史，不如说，是当时这个时代，将哥伦布和他的发现推到了风口浪尖。15世纪末16世纪初，这是欧洲商业资本主义开始发展、封建制度逐渐瓦解的时期，美洲被发现，刚好符合欧洲发展资本主义的需求。

但除去那些历史、政治因素，哥伦布作为一个梦想家，的确是一个了不起的人。

当年，哥伦布横渡大西洋，开创了新纪元，凯旋西班牙，被国王和王后亲自接待，可谓风光极了。可是，诸多贵族和军官不服气，想方设法贬低他。

一次宴会，有人对哥伦布说：“你发现了新大陆，任何一个人都可以去发现，这是再简单不过的事了。”

哥伦布沉思了一下，拿起一枚鸡蛋，对在座的人说：“先生们，你们当中谁可以把这枚鸡蛋竖立起来？”

人们都静默了，一个个去尝试，却都失败了。哥伦布把鸡蛋接过来，轻轻敲破了一点它底部的壳，于是，鸡蛋就竖立在餐桌上了。接着，他平静地说：“先生们，这是再简单不过的事情了！任何人都可以做的，只不过，是在有人做过了以后。”

退回到1451年，他只是在意大利热内亚出生的小男孩，父亲是个工人。青春期的时候，他坚信地球是圆的，也曾经把在热内亚坐过监狱的马可•波罗当作偶像，他的梦想是做一个航海家。

这个梦想，许多人都有。去发现新大陆，也没有那么难。可为什么千千万万的人里面，只有哥伦布做到了呢?

答案很简单，他是一个坚定的doer，确立了这样一个梦想之后，他就研究航海，成为舰长。他想要出发，但因需要筹措航行的经费，于是做足了功课，鼓起勇气找到了葡萄牙、英国、法国国王，却都被拒绝。他还是没有放弃，为了实现自己的计划，他到处游说了十几年。在1492年，他找到了西班牙的皇后伊莎贝拉，终于获得了认可。

坐在哥伦布广场对面的小酒吧，抬头仰望这尊雕像，突然之间，对于那些“我真搞不懂为什么他能做成这些”，“这些事，谁都能做好，凭什么是他”的各种议论，有了新的领悟。一个只会去羡慕别人，自己却不行动的人，有梦想，却不能把握机会去奋斗的人，窃以为机会是可以从天降落的，却从未想过，那些doer只是靠自己，一步步，一点点，慢慢地创造了属于他们的机会。

港口的哥伦布雕塑

活得像弗拉门戈女郎一样

她的名字叫曼莉，一头短发，是不久前剪的，利落，不带任何遗憾。

如果没有人告诉你年龄，只看这一副打扮，还有那笑容，你一定以为她是一个十几岁的姑娘。其实，她早早跨入了30岁。

10年前，她还只是一个办公室小白领，去欧洲的旅程，她看到了人生第一场弗拉门戈舞蹈表演，于是一发不可收拾地爱上了这不曾听说过的舞。2年后，她去了西班牙，开始了她的弗拉门戈人生。

她从未跳过舞，也绝非科班出身，更没想过走艺术道路。

“弗拉门戈给了我健康，从2006年以来我已经不记得自己什么时候生过病，周围的感冒从来也传染不了我；弗拉门戈给了我快乐，天大的压力，当我在练功房里踢踏旋转的时候也都被汗水甩了出去；弗拉门戈让我遇到知音，从西班牙、法国到中国北京、中国上海、中国香港、纽约、墨西哥……我的朋友遍布天下，因为同一种热情和自由的灵魂。跳舞，让我可以和朋友们分享生命的快乐。”在日记里，她快乐地写道。

在国内，弗拉门戈舞蹈是很小众的，甚至对于她这样的艺术门外汉而言，弗拉门戈是遥不可及的。即便在西班牙，弗拉门戈也没有规范的学院派教纲，种类也多，譬如古典派、吉卜赛、先锋派……起初，她一头扎进去，想一一学来，可不久就遇到“瓶颈”了，在演出的时候，她发现自己什么都用不上。

令她一路走下去的，是现代派大师Andres Marin的一句话：No son las cosas，son como hacerlas（东西不重要，关键是怎么用）。

认识曼莉，还是在我从巴塞罗那回国的时候。

在西班牙那么久，我从未看过一场弗拉门戈，也根本无从了解。对我和身边的西班牙朋友而言，这不过是秀给旅行者看的“民族舞”罢了。

那天在北京，咖喱姑娘带我去外交公寓底下的一个车库，体验了一把她热衷的弗拉门戈课，而曼莉，正是她的老师。我并未想到，这一股对于弗拉门戈的热情，竟然那么有感染力，让我甚至遗憾在西班牙时竟然从未看过一场原汁原味的表演。

一开始，曼莉就不想马上学跳舞，她想先用眼睛仔细看，用心仔细感受，不是看和感受动作，而是看和感受生活。决定来西班牙之前，没有人理解她那么疯狂的主意，只有朋友菲利普鼓励她：“去吧，曼莉，去找那些深山沟里的吉普赛人，走进他们的生活，听他们讲述自己和祖先的经历。”

弗拉门戈博大精深，有很多曲式，各曲式的编曲和动作有各种代表性和严格性，每段歌词、每句音节的多少，有多少句子，吉他弹奏的方式，都有严格的规定，因而，相伴的舞蹈也是有严格规定的。曼莉上初级班时，有一个智利女孩子因为它复杂难学而哭着跑掉，从此再也不来上课。

必须搞清楚什么地方该入场，什么地方应该提醒吉他手和歌者，什么地方表示自己要退场，或者什么时候可以出脚步、什么地方不能出脚步，不至于让观众看得莫名其妙。心急的曼莉突然意识到，这条弗拉门戈路不能只是爱好而已，她要走很久。首先，跳好弗拉门戈绝对不是跟在其他老师后面，亦步亦趋，

// 路边建筑

拷贝动作和成品舞，而是发现自己到底是谁，为什么想跳舞，到底要跳什么。

幸好，曼莉自从上了节奏课，遇到了 Torombo 老师，便得到了力量。这个入门老师用热情感染了她。第一堂课，老师就指着墙上一个马掌说："一个男人从监狱里出来一无所有，孤独地在棚里给马蹄钉掌，一边痛苦地唱，一边敲锤子砸掌。再想象一个画面，一群农民在酒馆围着桌子喝酒，几杯酒下肚，一高兴就开始用手指头敲桌子打节奏，不过瘾就再拍手，还不过瘾就跺脚，还不过瘾就开唱，更热闹，又加吉他，最后仍觉得不足以表达自己的激动心情，就把椅子挪开，开始站起来张开双臂跳舞，这是弗拉门戈舞的起源。"

不断练习节奏，是弗拉门戈最重要也最绕不过的一道坎。因为弗拉门戈舞中演员的脚，必须和踢踏舞演员的脚一样，随着音乐舞动。

吉他开始哭泣，黎明的酒杯在破碎……

弗拉门戈，源于阿拉伯的“逃亡的农民”，指的正是吉普赛人，起源于社会最底层。

在15世纪，有一支流浪部落，从印度北部出发，一路向西，从东欧、中欧进入了伊比利亚半岛，很多人停留在了安达卢西亚，他们就是吉普赛人。

经过了世世代代颠沛流离的生活，他们把自己的宗教信仰、对幸福的渴望、对死亡的恐惧、对命运的不公都通过歌舞表达，并找到了同样处于底层的伙伴：摩尔人和犹太人。以吉卜赛音乐为主调，三个民族融合，弗拉门戈音乐逐渐产生，它是中世纪游吟诗的一种，通过口头传下来的，被称作“深歌”。

由于吉普赛人当年没有人进过学堂，所以大部分的弗拉门戈历史和理论研究都是后人根据保留下来的很少的录音和文字资料，凭或多或少的浪漫遐想推测总结而成的。

这些歌曲，歌词是安达卢西亚方言，中间夹杂着吉普赛人的语言。内容通常是关于现实的悲苦生活。唱歌的人，有着深沉和沧桑的嗓音，与甜美无关，他们倾诉生命的痛苦，眼睛饱含泪水，听的人也随着哭泣。

因此一开始，弗拉门戈只是给穷困潦倒的人看的，用来宣泄情感，自娱自乐。它被禁止在任何公共场合跳。到了19世纪，咖啡馆成为城市中的社交地点，于是在一些穷人常去的咖啡馆，弗拉门戈开始流行了。直到20世纪，弗拉门戈终于被承认，从而走进剧院。

2008年，曼莉开始学习弗拉门戈歌曲，学习各种曲式以了解它的音乐体系，乐史课和歌词课让她开始真正体会到了最初的弗拉门戈人的情怀，终于“听懂了我要跳的是什么”，打开了耳朵和心灵，让她拥有了如同歌唱一般的脚步。

Alegrías 是欢愉调，Soleares 格调是内敛、悲情的，但 Sevillanas 又要笑着跳。

曼莉见到西班牙音乐家 Gerardo Núñez，将自己的困扰告诉他，得到的回答是：“对于弗拉门戈，无论歌舞乐，情感都永远凌驾于技巧之上。”

她又问：“什么是最美的音乐？”

回答是：“人们发自内心喜爱的音乐，才是最美的音乐。”

“在弗拉门戈与其他音乐风格之间，你更喜欢哪一种？”他不假思索地说：“当然是弗拉门戈。因为我生长在安达卢西亚，从小就耳濡目染，弗拉门戈对我来说，是身体里流淌的血液，与生俱来。每次在台上，我都不是演出，而是欣赏我自己内心流淌的旋律，是享受音乐。对于音乐，对于弗拉门戈，最好的老师，是热爱。”

没有想到，从一开始学习弗拉门戈的“瓶颈”走出后，在塞维利亚，曼莉又遭遇了另一个“瓶颈”。

她对优秀学生的演出提不起兴趣，有一次，甚至对台上的舞者精准到像电报机一样的脚步而感到气愤。

“花了 10 年苦功变成一台让人昏睡的电报机，这一切有什么意义啊！宁可看身后的歌手轻轻皱起的眉头，也不想听电报声了！好搞笑，我是来学舞蹈的，却是对看过的舞蹈最提不起兴趣！”在日记里，她这样写道。

面对日复一日的训练，她迷惑了，直到在一个幽暗的仓库教室里，见到了快 70 岁的“黑色女巫”一样的吉卜赛歌手，她被激发出了无穷的想象，既是印象中关于弗拉门戈的画面，又超出想象，就跟做了一个诡异的梦一样。

弗拉门戈更多的是一种合作。“你拿出吉他天赋，他拿出唱歌天赋，她拿出节奏天赋，而舞者负责把这些整合成一桌菜一起吃，这才是弗拉门戈。90%的外国弗拉门戈舞者不懂节奏，不是不懂脚上的节奏，而是不懂把吉他、歌手

1. 街景

2. 最美的街区

1

2

还有拍手者联合成一个整体的节奏。”Torombo 老师说，“在一个组合中，吉他手是船长，歌手是船长，拍节奏的是船长，而跳舞的是这些船长中的船长，必须把所有船长统领在一起，一家子一起开船。弗拉门戈演出，观众看的不是一个人在跳舞，而是这一家子人是如何配合的，观众自己在下面也敲着节奏，如果你跟他心里的节奏不吻合，他就讨厌你。”

时间会让有价值的东西越来越厚重……

在弗拉门戈舞蹈中，人们可以看见绽放的裙摆、裸露的后背。连衣长裙色彩艳丽，上面的图案通常是大大小小的圆点，裙子层层叠叠很华丽，为了能够做到激烈的踢踏动作，通常前面剪短，而后面可以有半米的长度拖地，旋转可以让裙尾飞扬。这些，都是吉普赛人的标准打扮。

挽起的长发，高高竖立在头顶，在鬓边插一朵火红的石竹花。这种发型，可以让舞者更利索，同时面部表情成为主角。在旋转时，有时候一刹那一头长发如同瀑布倾泻而下，有着卡门式的魅力。

但这与性感、甜美无关，生活的艰辛与苦涩，是厚重的，但又能做到没有算计和虚伪。因为年轻，所以也并不属于弗拉门戈。与其他舞蹈中总能看见的青春面孔不同，弗拉门戈里最好的舞者是中年女子。她们的一场表达，愤世嫉俗、孤傲刚烈。

“是一种饱经风霜之后的自信，是一种历经世态炎凉之后的洒脱，是一种就算痛苦我也没打算哭给你看的骄傲，是一种你不讲理也别指望我会讲理的逻辑……是看透了这个世界，然后说，好，我陪你玩的姿态。”（林达《西班牙

旅行笔记》）

另外，弗拉门戈之所以能打动观众，在于它的即兴。无论是歌舞还是吉他演奏，兴之所至，演员可以现场发挥。唯一的规则是，必须举手投足，毫无保留地透露情绪。这种“透露”是互动的，观众被激发热情的同时，欢呼声又能为演员带来灵感。

因此，舞者的年龄和阅历，以及弗拉门戈的基础很重要，这些都是岁月让一切变得厚重的法宝。

一个舞蹈演员，需要学习至少 4~5 年时间，每天练习 4~5 小时，才有可能登台表演。而即兴的弗拉门戈，除了那么多曲类和 50 多种基础模式，需要的时间更是翻倍的。

曼莉越来越坚定，要让弗拉门戈成为她一生要做好的那一件事。“用什么把舞蹈跳到生命的终点？”她问自己，“收放自如的身体和坚强专注的意志。”

她的老师们，居然都是 60 岁依然在坚持跳舞的舞者们。弗拉门戈大师 Merche Esmeralda 上课，数十年如一日地坚持练芭蕾。另一个 Uchi 老师，从 14 岁就开始登台表演，这么多年，经历了数不清的波折，却依然热爱舞蹈，热爱弗拉门戈。在排练室，Uchi 跳了一小段舞蹈，看她那刚劲有力、快速翻飞的脚步，想象不到这是一双 60 多岁老人的脚。

虽然弗拉门戈是属于岁月的舞蹈，但学弗拉门戈却要趁早，因为它要求很多的肌肉力量、柔韧性、协调性，需要记一大堆的曲式和节拍，需要膝盖和腿经得起长时间的折磨，需要腰和背仍然能正常运作，需要很多的芭蕾基本功。

曼莉如今在北京，成为一名弗拉门戈舞老师，定期举办演出，她把她的热情传递给中国越来越多热爱弗拉门戈、热爱西班牙的人。

每一次跳起舞来，就是一次与生活和时间的对话。

凄楚、欢愉、悲哀、淡定……到最后，都只不过是一种对于经历的情绪表达。

活着，就像弗拉门戈女郎一样吧！人生短而痛苦，无处宣泄，幸好曼莉、咖喱姑娘以及那些弗拉门戈舞者，找到了出口，不能抗拒即将来临的苦难，那就去面对它，挑逗它，陪它玩到底。

// 阳光总是灿烂的

// 大门

有别于你的生活

Different
from
your life

接吻的两个壮汉

那年，她从地铁站走出来，来到加泰罗尼亚广场，准备去 FNAC 买东西。

站在自动扶梯上，前面站着两个高大壮实的男生，都是接近 1 米 9 的身高，其中一个留着长发，像是嬉皮士的辫子，两个都穿得很帅气。她仰着脸，戴着墨镜，肆无忌惮地欣赏着。

而下一秒，她愣在了那里。这两个帅气的男孩，他们居然拥抱亲吻起来！

两个看起来……满是雄性激素、帅气甚至内敛模样的男孩，毫无任何征兆，就这样温柔地拥吻。

到后来，她在巴塞罗那街头见得多了，也就渐渐地从一开始几乎要尖叫狂奔的激动变成见过世面一般地淡然。

毕竟，这里是巴塞罗那，它是欧洲五大同性恋目的地城市，并且在同志圈中，是数一数二的度假胜地，仅次于伦敦、阿姆斯特丹。

现在的巴塞罗那还有一个绰号——“地中海同性恋之都”。加泰罗尼亚自治区旅游局曾经统计过，这个城市每年要接待至少 15 万人次的同性恋群体。不过想来也是，阳光、沙滩、时尚、开放、美酒，一切的一切，都只会让夏天假期变得无与伦比。

在这里，同性恋酒吧更是很普遍，据说，Aribau 街是同性恋最聚集的朝圣地，有一家世界上独一无二的同性恋酒店——Axel Hotel，附近更是有诸多情趣店。

巴塞罗那承办“骄傲的同性恋”庆典已经有几年了，她在荷兰读书毕业那年，见过阿姆斯特丹的同性恋游行。在运河上，简直人挤人，热闹非常，也非常疯狂，全城派对，满地都是喜力的酒瓶酒杯，堪比橙色女王节！区别只是同性恋游行，使用的是彩虹七色，一对对精心打扮的同性恋人当街亲吻。

每年的“骄傲的同性恋”庆典，都有超过 2 万人来此，在 6 月中举办，市中心可以见到盛大的花车游行，还会举办各类新奇的活动，譬如，男人们穿上高跟鞋进行跑步比赛，也有异装癖的选美比赛。

“骄傲的同性恋”节日，是在全世界范围内举行的，可以追溯到 1969 年，第一场在圣弗朗西斯科举办，当时还曾引发了一阵社会骚乱。

每次她走在巴塞罗那闹市街头，看见那些亲吻的恋人，脑海里浮现出西班牙诗人蒙特希诺在《神圣的夜晚》中写过的那一句：

“给他一个吻，在他微笑的时候。”

重要的是在一起

他和最好的好朋友戴维，是在幼儿园就认识的。他的朋友圈，大部分也是在一个小镇一起长大的。

在西班牙公立学校读书，往往意味着和同一群人相处10年甚至更久，因为这是一个“完全学校”的系统：既有幼儿园，又有小学、初中，还有高中。

孩子们从进来学校的那一天起，直到高中毕业都会在这里念书。和最好的好朋友们从趴在地上玩泥巴，到小学偷偷背着爸爸妈妈跑去镇子小店买贴纸，再一直到中学喜欢一个人，大家私底下起哄开玩笑，但在关键时刻绝对会站出来帮一把。

这样的好朋友，熟悉你的一切，看过你最狼狈的样子，你们打过架、说过狠话，见面从来都是不客气地损彼此，却又一次次地在对方最需要的时刻陪伴左右，偶然发现一些感动，但也不会说出感谢的话，拍拍肩膀，一个眼神，彼此都懂。

在聚会上，看着他和戴维、保拉、米盖、荷苏斯，他们这群人，那么铁的关系，无话不谈，有时格外地羡慕。

巴塞罗那人喜欢热闹，可能和从小长大的经历有关，身边总有一群固定的朋友，因此他们做很多事，也都是抱着团的。在国外，这个现象就更是明显了。

再加上他们在同辈之间，称谓也都是非常直接的，并且在公共场合，上下级之间也是用名字直接称呼。年龄不差多少的，从来没有“某某先生太太”之类的说法。除了对爷爷奶奶这些辈分大的亲属，在同辈和稍微年长的人之间，都是直接以名字相称呼的。（家庭和家族内部，称谓只是按照辈分，没有父亲一边或母亲一边的区别，所以“爷爷”“外公”是不存在区别的，在西班牙语中用的是一个词。另外值得一说的是，这里有着平等与民主。小孩起名字，父母两家的姓都放在姓氏中。）

大概也是“做什么事都热爱抱成团”的原因，才能在巴塞罗那的冬天看见如此街景：每当到了新年，就可以看见排队买彩票的热闹景象，队伍里有老人，也有年轻人，更有带着孩子们买票的一整个家族人。

买彩票并不是爱财或是机灵，而是为了在新年有一个小小的期待，往往是朋友圈，或者亲人圈，大家把钱放在一块，然后去买很多彩票，由一人收着，公布的时候，一群人找家小酒吧吃饭，等待结果公布。

若是赢钱，则大家平摊；若是输钱，也当做正常的一件事，每个人只是花了一点小钱而已，更重要的是一群人在一起。想来，这一点，是西班牙人最积极的一面。

重要的不是赢钱，而是一家人、一群朋友在一起，大概就是这种心态，造就了西班牙人的乐观，面对财政危机，照旧过节，照旧活得好好的。只要巴塞罗那的阳光还在，还能吃到饭，还能和重要的人在一起，明天无所谓。

德国好友则不然，他宣称若是银行卡里存款少于一定数额，就会自杀。

拥有阳光沙滩的确是一件重要的事，活在自然界之中，才意识到自身的存在，钱财如此渺小。恰符合曾经一个由研究音乐转行研究天文的人写过的：“阳光是地球表面几乎所有运动的最终根源。阳光带来的热量产生了风，由于阳光的‘生气’，无机物转变成了植物，并进一步支持动物和人类的活动；在煤层中，阳光的动能效率沉积下来又能够为人类所用。”

这种深深的共鸣，使得后来我去到漠河，粗茶淡饭，简陋房屋，常停水停电，条件恶劣，半夜仰望星空，居然被感动了。银河闪烁，星星如同珍珠，布满整个天空。

这样的富足感，夹带着对生命的敬重，不就是“顺变”这个字眼吗？有人去世，我们安慰“节哀顺变”，活着就是在经历起起伏伏，愿意的，不愿意的，但如果往深处想，也即是买张彩票，无所谓结局如何，更重要的是大伙儿都在。

寒风里，曾一家人买彩票。在小酒吧里，曾一群好友期待着开奖。还有因为什么事都要一起做，所以在生日当天买礼物的时候更温暖。

除了寿星当事人外，一群人会聚在酒吧悄悄探讨买什么。然后每个人从钱包里取出 10~30 欧元放在桌上，加起来竟然还是笔“巨款”。你一直奢望却舍不得买的东西，生日的时候，这群小伙伴合力让你美梦成真。

经济再不景气也热爱购物

12月底，是一年中最令人期待的日子。一连3个大节日：圣诞节、元旦和三王节。

圣诞节是属于全家人的，通常有两轮的交换礼物。第一轮是在平安夜，通常巴塞罗那的家庭，每个人只需要买一份礼物，但买的时候因为不知道送给谁，也有可能最后是自己拿到，所以完全可以无负担地选择礼物。千奇百怪，什么都可以，至少，我收到过一台电磁炉作为圣诞礼物！

客人到主人家，第一件事就是交出礼物，主人会在礼物上贴上编号。

圣诞大餐的桌上，简直是西班牙版本的满汉全席，自家做的水果甜酒、各个种类的火腿和奶酪、西班牙传统的圣诞零食、海鲜饭……到了12点，灯突然关了，大人们偷偷跑去楼梯处用力蹬，孩子们尖叫起来，以为是三个国王来了。

灯一开，一堆礼物已经被悄无声息地转移到了客厅。"三王刚才来送礼物，快来，分礼物啰！"

这时候，按照一家家的成员来抽奖。在一堆纸片里取出一张来，念出号码，跑去礼物堆里，看着编号，找到自己的那一盒，然后当面把礼物拆开，和送礼人亲吻拥抱。

第二轮送礼物，是在第二天的早晨，醒来后第一件事就是到客厅，爸爸妈妈、孩子们之间彼此送礼。

在西班牙，人们爱称呼加泰罗尼亚人为“吝啬鬼”，爱财得很，不过在礼物上，他们是从来没有小气过的，即使在经济最不景气的时候。

本以为经济危机摧垮了欧洲，巴塞罗那的12月也会萧条，却没想到，流浪者大街人满为患，蔚为可观。当地居民也跑出来购物。似乎这不仅是一种传统，更是一种使命。百货公司为了吸引顾客，不但雇人站在门口，打扮成圣诞老人发糖，还颇有心地将橱窗设计成梦幻的圣诞王国，不但有会动的玩偶，还有音乐表演！小孩们吃着棒棒糖，站在那看得出神，拉着大人不肯走。

这样的巴塞罗那，似在向世界宣布：就是再穷，也要开开心心过圣诞啊！这精神和我们的“有钱没钱，回家过年”有得一拼。

购物在巴塞罗那从来都是一件正经事。每年都会有季节性的特卖会，在那期间，到处都是加泰罗尼亚语的标语：Rebaixes。冬季的特卖从12月底到2月底，夏季则是从7月底持续到9月底，很多商品折扣会达到90%！

去过巴黎的人都知道老佛爷，那么几乎每个来到巴塞罗那的游客，都知道英国百货公司El Corte Ingles。在这儿可以买到许多品牌服饰，而且奢侈品牌专柜还可以退税。行走其间的，除了少数本地居民外，大部分都是来自世界各地的游客，一楼这儿还能买到巴塞罗那精致的官方旅行纪念品。

西班牙品牌的衣服，在世界范围内有着良好的信誉，不但质量好，而且设计独特。巴塞罗那作为众多西班牙著名品牌的发源地，也作为这些品牌总部的落脚点（尤其是Mango、Zara），到处可以看见提着大包小包满载而归的年轻女孩。当季最新款，总会最先在巴塞罗那亮相，而过季衣服都会以超级低价抛售，并且门店随处可见。

流浪者大街也是个购物的好去处，这里有几家大型百货公司，沿街还有很多流行品牌专卖店。在任意小巷拐进去，深幽神秘的窄道两侧，可以找到各式各样颇具个性的小店，淘到你喜欢的奇奇怪怪的玩意儿。如果你特别喜欢民族风格的衣物，千万不要错过这里！这里有印第安服饰以及配件、尼泊尔服饰、印度服饰、泰国风格的服饰，应有尽有，并且价格适中，无须进行一番讨价还价的战斗，因为在巴塞罗那通常不讲价，老板不会贴上贵到离谱的价格。

巴塞罗那有一条古董街，名字就叫古董街，有73家有个性的古董小店，可以找到稀奇古怪的老东西，古着、宫廷扇子、徽章……在每个星期四，巴塞罗那大教会广场上还会有古董跳蚤市场，每到3月的时候，这个广场还会举办古董沙龙，是欧洲最著名的古董博览会。在圣安东尼集市还有跳蚤市场，可以淘到旧书籍和黑胶唱片。

距离巴塞罗那市中心仅40分钟车程，还有一个打折村，据说小镇的设计是仿效上世纪加泰罗尼亚市集，别具特色。有超过100间名牌特卖店，全年均以低至建议零售价4折的价钱出售商品。

感恩大道(Passeig de Gracia)是巴塞罗那著名的奢侈品大街，香奈儿、卡地亚、

蒂凡尼……与这些店铺隔了一条马路相视的，就是高迪所设计的米拉之家。

不过，星期天的巴塞罗那，大部分的商店都关门。若恰巧在那时想逛街，还有个去处，流浪者大街走到底，一直到哥伦布广场，码头上有一个大型购物广场 Maremagnum，这里能购物、吃美食、看风景，一个都不少。

// 英国人商铺广告无处不在

适应不断涨价的 T10 票

关于买什么票，其实是个脑力活。

T10 和 T50 是最平常的火车票，这些年来，总在涨价。4 年前来到巴塞罗那，6 欧元，比起荷兰一张打格票便宜多了，而且荷兰的卡一次要打至少 2 格，用起来如流水。而后一年，巴塞罗那的 T10 卡涨价到 8 欧元，再下一年，10 欧元。每次在机器上买新卡，总会狠心发誓下一张就买 T50。

怪不得巴塞罗那是西班牙生活成本第二高的城市，仅次于首都马德里，在全世界排名 31。人们常说在这里物价便宜，是与欧洲那些高消费国家相对比的。

可偏偏一个月如果不是每天去市中心，T50 用不完，便是浪费，因为规定只能一个人用，而且 30 天之内用完。

一开始，虽然知道每一个小时内，可以自由免费换乘，但是譬如从市中心坐地铁到 Sants 再换 5 号线，在卡后面，还是显示多消费了一次。乘坐多了，都从来没有搞懂其中的规则。后来一次和其他的朋友见面，才知道，哦！原来如此，一定要用不同交通工具啊！太阴险了！地铁换地铁，算是不同的两次。同样地，火车换火车，大巴换大巴，也一样。

怪不得有很多人选择逃票。我见过很多青少年，他们翻墙或者翻越栏杆。也只有加泰罗尼亚和 Sants 站是需要票子出站的，其余小站都不需要。而且，虽然说有地铁查票的，但百年一遇。你必须很聪明，才能在巴塞罗那用 T10 或

T50 票子生存。比如出门每次都要掌控好一个小时之内办完事情，然后呢，去和回来的交通要不一样。你要熟悉大巴、地铁还有火车等各种交通工具的换乘路线。可以自由搭配：大巴 + 火车 + 地铁，或者地铁 + 大巴，或者地铁 + 火车，总之用各种方法，但一定要够聪明。巴塞罗那当地政府推出这个政策，一定是非常希望所有人的谋略都有远见性吧!

想起来，好心的提醒就是，如果游客想要省钱，请不要乘坐机场大巴。选择乘坐 Renfe 火车，然后转地铁，同样可以使用 T10 的票子。因为如果乘坐机场大巴，不得使用这票子，额外还要买一张 5.5 欧元的愿望票。赶飞机的话，路面交通不好，速度也比火车慢很多，可以在 Sants 换机场火车。

除了地铁和 Renfe 小火车之外，巴塞罗那市区的地铁交通系统是很发达的，当然，仅在没有任何罢工的时候，还有虽然巴塞罗那人每家每户基本上都有车，但去市中心却都一律选择公共交通，因为市中心历来有着停车难的问题。

这里有公交大巴，有地上有轨电车，有深夜巴士，有出租车，有城郊列车 FGC，有西班牙本土 Vueling 航空，而在城市大街小巷能够租借公用自行车，是由巴塞罗那市政府提供的，用于倡导环保，一共有 420 个停、取车点。

无论是如何出行，几时出行，再晚都有交通工具。

巴塞罗那是西班牙的门户，普拉特机场是国际机场，距离市中心并不远。中国没有直接飞往巴塞罗那的航班，都需要转机才能到达。

巴塞罗那有两个火车站，Sants 是国内城市长途火车；另一个则主要往返法国、巴塞罗那和马德里之间，相距 600 公里，每天都有很多班次。也能够选择国铁 Renfe 火车，乘坐巴士，25 欧元，7 个小时就抵达。而去南部，则需要 5 个小时。

若是旅游，乘坐大红色的旅行巴士，也是很好的选择，买了 10 多欧元的票子，一天内任意搭乘，都是旅行线路，有两条可以选择。

有天我坐在公共巴士上，打下了下面这一段话：

巴塞罗那的交通很方便，地铁是主要的工具，公共汽车很少是拥挤的，大部分乘坐的是老人和小孩。

下午两三点商店都是关门的，除了酒吧，还有中国人的百元店。似乎中国人永远都是以勤劳为主的。商店关门的，都用的是卷帘，干净利落，往往还有涂鸦。在这里，因为山坡太多，望出去大多都是汽车或者轰隆作响的摩托车，路边也停靠着摩托车。有太多人牵着狗，似乎下午 3 点就应该是遛狗的好时光。人们都会带着报纸，我看见的都比较文明，但地上还时不时会有一坨狗屎。山路适合跑步，有人穿得很运动在奔跑着。

当大巴路过西班牙广场的时候，上来了几个老人，于是大家都纷纷站起来让座。在西班牙，大家似乎对于座位不在乎，有了就坐，也不会特别去挤去抢占，骨子里面透露着不紧不慢和不在乎。

透过车窗，随处可见的 La Caixa 让人感觉自己还是世界的一部分。孩子们 2 点就下课了，于是纷纷提着球走在马路上，或者一起乘坐大巴。孩子们的脸蛋都是漂亮的，西班牙人普遍很好看。

他们有大大的眼睛，弯曲的头发。青少年女孩很早就开始发育，穿着好看的衣服。这里除了小小年纪的孩子有校服，十七八岁的很少有校服的。都是自己的衣服。在巴士上面望过去，每个人的头发颜色是不一样的。西班牙人对于化妆品都是喜欢的，什么年级的都会有些脂粉。有的浓妆，但有的一点点就显得很美丽。而老人们的打扮普遍都很优雅。

在公车上的旅行，也不赖。

生日那天吃海鲜饭

海鲜饭，西班牙语里是Paella，发音“派呀”，源自拉丁文Patella，锅的意思，因为海鲜饭都是在平底锅上炒与煮出来的。

传说哥伦布航海遇到飓风，逃生到西班牙小岛，渔民请他吃西班牙海鲜饭，这顿饭救了哥伦布的命，所以海鲜饭还被称作是“救命饭”。现在，每当说起西班牙美食，很多人脑海里第一个画面就是海鲜饭。

虽然最地道的海鲜饭并不来自巴塞罗那，而是它隔壁的瓦伦西亚，但每当家里有人过生日，巴塞罗那家庭的习俗就是做一大锅海鲜饭，一家人其乐融融地吃，然后寿星拆礼物。

在餐厅里，一份海鲜饭往往是两个人一起吃的，十几欧元一盆。

比海鲜饭更好吃的，是墨鱼饭，加泰罗尼亚美食特产。黑色的一大盘，虽然样子看起来普普通通，以海鲜饭的方法烹制，可是别小瞧，吃得嘴巴发黑，但鲜美，回味无穷，夜晚吃了，舍不得再吃其他东西，哪怕再点甜点，盖掉了余味，都觉得天理难容。

海鲜饭和墨鱼饭往往做得很慢，是现场制作的，所以要等待至少半个小时。海鲜饭的种类很多，对于不懂西班牙语的游客不是大问题，因为大部分的餐馆都有食物的具体图片，配料一目了然。

我一直想着要亲自下厨，做海鲜饭。有一天不知哪里来的勇气，正好家里有人过生日，玛利亚准备了一大锅海鲜饭，于是我就在旁边跟着小试牛刀，同时将整个过程记录了下来。

西班牙海鲜饭的做法：

材料准备：大蒜半只，洋葱 2 个，青椒 1 个，鸡肉，大虾，贝类海鲜
按照个人喜好添加：各种蔬菜

第一步，处理：
1. 大蒜剥开，不用切
2. 洋葱切成小块
3. 青椒切成小块
4. 鸡肉切块

第二步：橄榄油两勺放入锅中，鸡肉进锅，与大蒜一起炒。加盐，炒熟后放入预先准备的盘中。

第三步：一勺橄榄油，之前炒的大蒜，加上洋葱放入油锅，香味出来后放青椒切块。
（一直都很喜欢洋葱在油锅中被火炒过的味道，很开胃。）

第四步：高难度考验刀工的西红柿去皮，然后将西红柿肉放入油锅。

第五步：加入预先准备好的其他各种蔬菜，倒入鸡肉，小火翻炒，加盐。

第六步：加西班牙大米，量的话，按照多少人的份来加，一人份为一个小茶杯的量。

第七步：将生米与鸡肉、蔬菜搅拌，放入海鲜，加适量的水。
（直到生米颜色变成了如下图的颜色，加适量的水。在这里推荐一个窍门，加家里煲的汤，煮出来的米更有滋味。）

第八步：中火，盖上锅盖。20 分钟后，出锅。
（每一粒米饭都是姜黄色的，看起来很温暖，味道很香。这米经常半熟，对于国人而言可能夹生，因为这种西班牙米，米粒又大又圆，嚼劲很好，只是吸水性不强。）

香喷喷的自制西班牙海鲜饭完成。

需要注意的是，玛利亚说，不用藏红花也可以，但一定不能用中国米。

天空下起了糖果雨

这是一个来自加泰罗尼亚的传说，很久很久以前，美丽的公主被恶龙困于深山，勇士乔治（加泰语 San Jordi）前去战斗，打败了恶龙，解救了公主。恶龙被杀后，肚子上长出一朵玫瑰花，骑士将花送给了公主，公主则回赠了一本书。

所以，在巴塞罗那，如果有人在 4 月送你一朵花，千万别以为是清明祭奠。

其实对方是在表达爱意呢！

当全世界人都在 2 月 14 日过着他们的情人节时，这日子，对巴塞罗那当地人却根本没有任何意义。他们有自己的版本，因为勇敢的乔治，每年的 4 月 23 日被称作“圣乔治节”。

传说带来了一个美丽的传统：在当天，男人送女人一束玫瑰花，女人送男人一本书。

这一天是法定休假日，流浪者大街上都是卖花和书的摊位，当天的 Plaza Sant Just，也就是巴塞罗那最古老的泉水池所在地，会成为书的广场。整个城市都充满了爱的气息。小学和中学还会举办诗歌比赛，巴塞罗那人可谓是从小就培养了文艺的气息。

最令人感动的，走在街上，不管是什么年纪的女人都会收到玫瑰花，巴塞罗那决不让任何女人在情人节这天两手空空。

另外，再隆重介绍一下巴塞罗那版本的儿童节。

听说我对这满大街撒糖果的活动满怀热情，朋友好心提醒：一定要带伞！

每年元旦之后的第5天，就是三王节，也就是巴塞罗那的儿童节。1月5日下午开始，在市中心就有彩色美丽的花车游街。扮演三王的演员披上长袍，头戴王冠，分别佩戴黑人、白人和东方人面具，坐在花车上朝着两旁围观的孩子们撒糖果。

这个节日来自《新约全书》的《马太福音》。

玛利亚生下耶稣，三个智者从东方出发，一个白脸、一个黄脸、一个黑脸，按照星星的指引，前来跪拜耶稣，并献上黄金、乳香和没药。在公元9世纪，这三个智者被尊称为三个国王。

因为这个传说，西班牙人认为，为他们带来礼物的不是圣诞老人，而是骑着骆驼来的这三个国王，因此，1月5日，从花车上撒下的糖果，正代表着三个国王从遥远东方带来的礼物。

在三王节这天游街，孩子们都为之疯狂，还有什么比天空下起了糖果雨更激动人心的呢？天堂也不过如此！但一定要带着伞，因为这场雨简直就是“暴雨”，糖果是从四面八方飞来的。

这天夜里，孩子们放一只小靴子和一根胡萝卜在窗台上，第二天，早早起床（因为没有人能睡得着），尖叫着发现靴子里面已经装满了礼物，并提着被咬过一口的胡萝卜，跑到爸爸妈妈身边，手舞足蹈地说：“昨天三王来过我们家啦！你看，他们的骆驼吃了我的胡萝卜！”

话音刚落，爸爸妈妈彼此心照不宣地相视一笑。

话说，荷兰有一个节日叫Sinterklaas，一年里，表现好的小孩才能收到礼物，坏小孩们会被打包送去西班牙。

哈哈！能被送去西班牙，其实是件好事啊！

1. 情人节
2. 加泰罗尼亚独具特色的蛋糕
3. 邮筒
4. 街头大猫

被征服的胃如实说

布莱尔是个英国男孩，会说一口流利的中文，在办公室里，他坐在我的旁边。

有天，他一进门，神秘兮兮地告诉我："你知道吗？昨天我带着女朋友，去了一家干洗店吃晚饭！"

"啊？你和老板那么熟？"我问。

"哈哈，这家店就在我们公司这边。"他拉着我走到阳台，指了指街角，"就是这家，神秘餐厅！"

"神秘餐厅？"

"上个月一天晚上，我带了一套西装去洗，到了柜台，接待我的人居然说这里不做干洗。当时我就傻眼了，门口招牌写得清清楚楚，就是一家干洗店。他看我愣在那里，就打开了干洗店里面的一扇布帘门，你知道我看到了什么吗？"

他顿了顿："里面居然是一家很大很大的餐厅！一排排桌椅，而且满是在用餐的人！这是一家不做干洗生意的干洗店，它居然是餐厅，而且装修豪华！后来我回家一查，的确有那么一回事，在巴塞罗那，这就是神秘餐厅，不打广告，只是口耳相传。你知道吗？有一家餐馆，饭菜可好吃了，全是私房菜，他们的门口看起来是一家洗衣服的店，可是根本不提供这个服务，打开一道暗门，就是餐馆！"

"哇！那你和女朋友觉得吃得好吗？"

"虽然有点贵，可是都是地道的地中海风味，的确不错。"

在巴塞罗那，吃就是那么一件重要的事。吃得奇怪，吃得优雅，吃得幸福，吃得有创意，吃得举世无双。

西班牙人将他们的特产——迟到，融入了用餐时间里，因为有人经过统计，发现西班牙的用餐时间比欧洲人普遍晚了大约 1 个半小时。

早晨 7 点，牛角面包配咖啡。周末则是西班牙的油条（Churros），我第一次吃到，惊吓地说，不就是我们的油条吗，只是味道很甜，需要蘸酱，这种酱在一般的巴塞罗那家庭里是自己做的：将巧克力放入微波炉里融化，蘸着吃，配上一杯牛奶，再也没有比这更幸福的高热量早餐了。

中午 12 点，来一份 Tapas 点心。下午 3 点吃中饭。西班牙人的午休时间长，很多人都是回家吃午饭，然后去小酒吧说说笑笑，睡个午觉，接着继续上班。

晚上 7 点来一些甜点，10 点吃晚餐。这样的作息已经被沿用了几百年。

西班牙本身便有许多美食，在欧洲属于很会吃的民族，并且 10 欧元一个人就能吃到美味，相比在北欧动辄二三十欧元才能吃饱，这里就是美食天堂。很多欧洲其他国家，譬如荷兰，连鸡爪、鸡内脏都是扔掉的，市场上是买不到的，可是在西班牙，内脏是可以吃的。

有一次朋友在小酒吧点了盘油炸小吃，我一口气全吃完，满口香喷喷，喝着饮料，摸着满足的肚子，问：“刚才我们吃的是什么？”朋友的回答，让我后悔问出了这个问题，宁可什么都不知道：“这是猪鼻子！”

还有一次，我听说西班牙人吃兔子肉，觉得有趣，和树说了这件事，问：“兔子味道怎么样？”

树说：“在西班牙我们常吃，就和鸡肉差不多。”树告诉玛利亚之后，第二天晚上我就吃到了那传说中的兔子肉，一开始谁也没有告诉过我，吃起来看起来也的确像是鸡肉。在西班牙的超市，食用兔肉和鸡肉、猪肉是被放在一起的。

关于美食，在整个西班牙地区是有差异的。马德里是融合的口味，因为安达卢西亚、加利西亚、阿斯图里亚斯的移民。

巴塞罗那则是加泰罗尼亚典型的地中海美食，具有地中海与法餐的血统，被称作最健康的饮食之一（虽然我对于这“最健康”保持怀疑态度）。

一般去餐厅就餐，点好菜后，服务生都会问要不要点 Pan a la Catalana（加泰罗尼亚语，加泰罗尼亚面包），因为在他们看来，这是吃饭时必不可少的食物。面包里面搭配的是番茄炒蛋。有人会抱怨，这面包咬得天花板都要震落了，但其实最新鲜的面包，口感很好，是外面脆里面软的。

加泰罗尼亚吃面包的最独特作风，就是上面抹上橄榄油，再把番茄一切为二，边涂在面包上边用力挤碎，俗称“番茄橄榄油烤面包”。

香肠煮豆子，是巴塞罗那的地方菜，我们经常夜晚吃，不过我很吃不惯，居然把豆子作为主食，很容易就会饿。使用当地特色的小白豆和香肠搭配成一餐，白豆被煮烂，做成不同口味，随后配上香肠。安德里克很喜欢吃这道菜，每次见我吃不惯的样子，他会安慰说，这是很有营养的。

加泰罗尼亚还有最有特色的甜点：蛋奶酥皮和蜂蜜乳酪。

有人推荐，说在马德里有烩菜，在巴塞罗那也有，但我从来没有见到过这道被称作“懒人晚餐”的菜，据说是将豌豆、土豆、胡萝卜、芹菜、卷心菜放在一起，加上肉，焖着，一直到烂熟。不过，相类似的是，每当家里来不及做饭时，玛利亚就会将土豆和豌豆放在搅拌机里搅拌，做成糊状，配着火腿吃，味道很香，而且和香肠煮豆子一样非常地营养。

Tapas，在西班牙语里指的是快餐，往往在小酒吧里可以吃到。通常是点几盆小菜，配一瓶啤酒，和三两好友闲聊到天荒地老。据说，在南部是一瓶酒送两份 Tapas，非常实惠，又很美味。Tapas 有冷的，也有热的，大部分都是咸的，

OFERTA
MANTECADOS
MARTÍNEZ
1,00
Euros

没有甜的。地道的小酒吧，会有上百种不一样的 Tapas 供你选择。我最喜欢的，有辣味番茄酱拌马铃薯、炸鱿鱼圈、猪肉香肠。

西班牙本地快餐是 Pans & Company，常常赶飞机的时候吃，一定要点的，就是经典款火腿三明治；要是爱吃海鲜又不想花太多钱，中国人开的 wok 海鲜自助是不二选择。可惜每次我和树去，他竟是爱吃那些油炸食物！

每家餐馆针对选择困难症的人，都有当日套餐，配好了前菜和主餐，还有一份甜点，往往还是有折扣的。要注意一点，有一些餐馆，底下写了小字，是在结账时收 15% 小费，也就是如果消费 100 欧元，就是付 15 欧元的服务费。

在西班牙，如果你很满意他们的烹饪和服务，可以多付小费。这是对对方劳动的尊重，尤其因为这里的人热情，有时候甚至大厨会跑出来和你聊天！

火腿、肉肠、鸡蛋土豆煎饼，是西班牙的国菜。

鲜榨橙汁、红酒、香槟、果酒、星牌啤酒是西班牙的国饮。

在西班牙，新鲜橙子是特产之一。任何小酒吧，付上 2 欧元，就可以喝到一大杯鲜榨的橙子汁，小毛小病都远离你。

话说，当我们在爱尔兰生活时，树一看见超市里有卖一种 Vichy Catalan 的矿泉水，就买了一整箱！后来我才知道，这是加泰罗尼亚地区最好的矿泉水牌子，在巴塞罗那人眼里，这就是世界上最好的水（树的原话）。听说，老巴塞罗那人中还有个传说：经常饮用 Vichy，会不长白头发！

令人愉快的是，在西班牙喝酒，这里的酒杯也是被冰过的。巴塞罗那最热销的啤酒是 Estrella Damm（星牌啤酒），公司总部就在巴塞罗那，在我们的小镇里，有不少人就是在星牌啤酒里工作的。值得一说的是，星牌啤酒还是巴萨俱乐部官方赞助商之一。

当然，巴塞罗那人也爱喝本地的葡萄酒，至于气泡酒也是本地人的最爱。在庆祝生日时，安德里克，这个地道的加泰罗尼亚人，是一定要开一瓶的。后来我渐渐发现，在各种庆祝活动中，甚至包括我从中国回到巴塞罗那，他都要开一瓶庆祝。每次听见开瓶塞那“噗”的一声，简直就是满满的幸福感！

阿拉伯人引进了稻米，于是有了海鲜饭；哥伦布到达美洲，于是在西班牙又陆陆续续出现了玉米、马铃薯、西红柿、番石榴等食物；最后，感谢希腊人，他们为西班牙带来了橄榄的种植技术，自此西班牙成为橄榄油生产大国。

在巴塞罗那的大部分家庭里，主要用的油就是橄榄油。

达利曾写过：“我突然感到非常需要橄榄油，每天早上都要吃一盘加橄榄油的鱿鱼。吃完以后，我将橄榄油舔得一滴不剩，似乎它是天神专享的美味。若是还剩下点什么东西，我就用头发和胸口去把橄榄油擦干净，因此，我的头发变得异常稠密，把我所有的梳子都弄断了。”

不过，巴塞罗那人还真的是很极端，有时非常营养，又有时候，他们喜欢在家里自己炸薯条；又或者，油直接浇在面包上；最无法直视的，是每一次做荷包蛋，我高度怀疑他们到底会不会煎蛋，油汤再次出现，令鸡蛋浮沉，然后将鸡蛋油水淋淋地拉起，放在厨房专用纸上吸油。

油，油，油！

不过奇怪的是，肥胖现象在西班牙却不严重。我猜测，这和他们“说个不停”的吃饭习惯相关。他们的吃饭时间非常长，并不是吃得慢，而是喜欢一群人拼成一长桌，坐在露天的地方，晒着太阳，吹着海风，聊到天荒地老……

看来，聊天也是一种运动啊！

Mercat d'Hostafrancs
Abacus
Abacus

把每天过得和节日一样

巴塞罗那，是全世界节日最多的城市之一。

一年 365 天当中，大大小小节日加起来超过 200 多天，再加上巴塞罗那是欧洲最具风格的聚会城市，哪怕工作再忙得焦头烂额，星期五和星期六的夜晚，管它有节没节，当地人们早就放松成度假模式了。

这意味着，在这里生活，人们大部分时间都在过节，只是偶尔去上个小班。

巴塞罗那虽然没有奔牛节（每年 7 月 7 日至 14 日，在西班牙北部城市潘普洛纳举行），也没有番茄节（每年 8 月 28 日，在巴伦西亚省的布尼奥尔镇举行），但却有许多加泰罗尼亚的专属特色节日。

其中一个是人塔节，在 19 世纪非常盛行，是塔拉戈纳地区特有的。顾名思义，人站在人的身上，在相互信任和平衡感之下，越叠越高，蔚为壮观，据说很多现场围观的人卡到了脖子！

加泰罗尼亚还有很多节日都会用篝火和烟花庆祝，气氛颇为浪漫。在 6 月中，仲夏篝火之夜，在不同的广场，人们会燃起篝火跳舞，迎接夏天的到来。海滩上，人们点燃烟花，照亮了星空。各大海边的餐厅和夜店都聚满了人，大家唱歌、喝酒、烤肉、跳舞，一直到第二天早晨，睡一会儿，然后接着开派对！

6 月时巴塞罗那还会举行夏日索纳尔音乐嘉年华，大街小巷都会搭起舞台，来自世界各地的乐团、组合、歌手都会聚一堂，整座城市因为音乐沸腾了起来。

同时，音乐发烧友还可以去巴塞罗那音乐厅和歌剧院欣赏演出，这里有世界著名的格兰·德尔·利索歌剧院、加泰罗尼亚国立歌剧院、乐吕尔歌剧院、加泰罗尼亚音乐宫。更值得一提的是，加泰罗尼亚还有他们的本土交响乐团，每年举行75场音乐演奏会。即使错过了索纳尔音乐节也没关系，每年10月，还会举行一场隆重的巴塞罗那国际音乐节。

9月24日是巴塞罗那的守护神日，在这天，原本已经够热闹的流浪者大街，还会到达热闹的顶峰，这里将上演火龙喷火游街、叠罗汉、魔幻3D彩灯，还有现场演唱会。

喜欢安静的人，也有他们自己的节日，1月27日到2月5日，是巴塞罗那的机会周。这时候，超市、剧院、影院、花店、博物馆、艺术画廊，门票都一律半价，甚至还有些五星级酒店和餐厅都推出了令人无法拒绝的经济套餐。

喜欢逛庙会的，就一定不能错过在4月举办的春会。吃的、玩的、看的，应有尽有，还会搭建起惊险刺激的游乐设施！

对于宅男，巴塞罗那另有留住他们的法宝：巴塞罗那国际漫画展。每年4月中在西班牙广场的会展中心举办，各种漫画作者和Coser到场，漫画书、画册、海报、日本摆设、玩偶、美食，应有尽有。

9月11日是加泰罗尼亚民族日，为了纪念1714年，巴塞罗那在内战中的沦陷，这天是法定休息日，街头会举办一些怀念活动，譬如演奏音乐、诗朗诵，居然还可以吃大锅饭。

感谢西班牙深远的宗教历史，在巴塞罗那有许多节日和宗教有关。在5月有个节日，叫作五旬节，也就是圣母升天日，被称作红日，又是一个法定休息日。

圣周，也就是复活节，在4月春分后的第一个星期天开始，为期一周，这是西班牙重要的节日，仅次于圣诞节，全国放假3天。这是天主教和基督教的宗教节日，为了纪念耶稣在这期间受难、受死、埋葬、复活、升天。这几天，超市会出售巧克力彩蛋。

第一天是圣枝主日，棕榈叶被挂在家家户户的阳台上，纪念耶稣回到了耶路撒冷。主要活动是从星期四开始，圣周四，就是建立圣体日。圣周五是耶稣受难日，在很多地方会组织耶稣受难表演，围观的群众人山人海。圣周六是望复活日，神父在那一天去各个家庭洒圣水。

所以，来到巴塞罗那生活的异乡人，和外人总结起这里的生活，会骄傲地说："我们在这里每天只做 5 件事：晒太阳、享受美酒美食、逛街购物、派对狂欢、看球。"

// 居民楼房也有美丽风景

去电影院傻坐

在巴塞罗那看电影是一件很头疼的事。

因为这里几乎全部的电影，都重新用西班牙语配音，字幕也都是西班牙文。全市只有几家影院是原音播放，在那里看英文片子还好，但若是其他，譬如阿拉伯语、法语，就只能傻坐在那儿了，因为在影院播放的字幕，只有西班牙文。

所以，不会西班牙文，在巴塞罗那生活是有很大困扰的。

在这儿，人们说的方言虽然是加泰罗尼亚语，若是不会西班牙语，生活即使有不便，但却依然能够自如。

不过，加泰罗尼亚语在当地是官方语言。这里的路标，第一行是加泰罗尼亚语，第二行才是西班牙语，第三行，如果有第三行的话，则是英文。任何一个以巴塞罗那为中心的网站，经常是加泰罗尼亚语为优先语言，其次可能有西班牙语与英文。

从另一个角度可以看出西班牙语的强势，但却也不怪他们，对于西班牙人，讲一口外语并不实用，尤其长期留在家乡的，西班牙语虽然在中国看来属于小语种，但在世界范围内，西班牙、南美、美国，都是通用的。

于是，我决定去学西班牙语。

在巴塞罗那官方语言学校报了名，因为归属政府，所以收费低廉，但是由于报名的人太多，必须通过考试以及摇号方式录取。

当查看官网发现我被摇中的时候，就和中奖一样。

在巴塞罗那，每年都有来自世界各地的人到此，专程学习西班牙语，因此，这里有许多语言学校，有学习西班牙语文化的课程，但是在质量上却参差不齐。不过我认识的大部分中国学生，是在本地念大学的，从预科开始学习语言。

加泰罗尼亚一共有12所大学，而在巴塞罗那，则有欧洲4所著名的公立高校：UB，即巴塞罗那大学（创于1450年）；UAB，即巴塞罗那自治大学（创于1968年）；UPC，即加泰罗尼亚理工大学（创于1971年）；UPF，即庞培法布拉大学（创于1990年）。

最著名的是巴塞罗那大学，在1450年，由阿拉贡和那不勒斯国王下令建立。

1842年重建，它是整个加泰罗尼亚现存最久的大学，世界排名也在前100位，是加泰罗尼亚大区最古老的公立大学，也是该地区年招生最多的高等学府。

第一堂课，见到的是个矮个子的典型的西班牙女人，黑色头发卷曲，穿着修身的衣服。她叫爱斯特里亚，在西语里是星星的意思。班级里，望过去十多个十几岁模样的中国小孩，其余的是俄罗斯人、德国人、美国人、巴基斯坦人。

除了中国小孩，大部分人没有一点点基础。

座位安排是围成一个圈，我左边是中国女孩小周，另一边是美国男人迈克，他一开口便能听出口音。

爱斯特里亚一开始便讲了一串西语，我们等着英文时，却已经开始发问，迈克被叫起来，什么都答不出，用英文说，对不起，可以用英文提问吗？爱斯特里亚却慢下来用西语说了一遍，并且加了一串解释，这时候用的是最简单的词汇，我已经听懂了。迈克和妻子一同被公司分配来到这里不久，所以还听不懂。

我低声用英文解释，他摇摇头，不知道怎么用西语回答。我们课间说：“也许爱斯特里亚不懂得英文，这样也好，下狠心要学好。”

但有一天下课，我去提问时，却没想到，为了让我听清楚，她说英文，并

且没有一点西语口音，非常流利。上课时她坚持不用英文，令人敬佩。

过了几星期，班级里突然多了一个高大的男人。

他看起来有些年纪，却也猜不出多大，银白色头发，梳得干净整洁，衣衫简单，牛仔裤配短袖的汗衫或者衬衫，皮鞋有时会很讲究。他眼睛很漂亮，嘴唇不薄也不厚，形状弧度刚刚好，笑起来的时候，眼角有些皱纹，身上总洒着若有若无的海洋味道香水。

我和小周说："这个人应该也很不平凡。"

前段时间，下课后和小周两人走出校门不久，便看见塔其拉走到一辆擦得铿亮的黑色私家车前，车里面立刻有人站出来，给她开门，并关门。后来和塔其拉聊天，才知道原来她是巴基斯坦大使的夫人。

她举止仪态落落大方，英文流利，穿着简单的白色棉布民族衣服，没有花纹，下身穿牛仔裤。

爱斯特里亚让艾登自我介绍，在他的西语里，我听出了熟悉的英文来。下课时，我便跑去和他打招呼，一股英国腔。原来他是英国人。我问他：你做什么的？他告诉我，他是一个模特。

果不其然，气质绝佳。

原来他之所以迟到，是因为前几天去了意大利拍平面。他总是飞来飞去，但这段时间要在巴塞罗那长期工作。他还说，他是一个作家，写过三本书。

我眼睛立刻发亮。

上课后，因为是简单的西文，爱斯特里亚对待我们也像小孩一样，便用西语说，你觉得什么是最漂亮的，用单词写下来和旁边的同学分享。

当她提问的时候，艾登举起手来，说：眼睛！

爱斯特里亚说：为什么？我来看看。

艾登笑起来，两个人对视，爱斯特里亚的脸红起来。我们都咯咯傻笑起来。

第二天，我带着一沓文稿，和艾登说，我觉得写得太烂，有时不敢写。

他却说：写吧。第一本肯定不好，但是第二本、第三本只要越写越好，读者也可以看着你进步，不是好事吗？写下来，总是有用的。

接下来，艾登常常和迈克坐在一起。

占领华尔街的时候，我跑去不解地问迈克：“为什么会一下子出现这样的骚乱？”

他说：“大家积蓄已久了。”

当巴塞罗那也开始进行游行的时候，我和树两人看完电影正准备回家。望着远处汹涌的人潮，听到传来一阵阵口号声，我们觉得事不关己。但怎么能想到，接下来它彻底打乱了我们的生活。

后来，西班牙经济越来越差，我回到了中国。有天无意中看见一张模特的照片，熟悉的脸，认真一看，竟然是艾登！他是世界有名的“高龄模特”！

在语言学校，加上生活在巴塞罗那，我发现西班牙语并不难学。刚来的时候，我一句西语也不会，只能依靠手舞足蹈的方式表达。可是1年后，能听懂大部分的对话，并且能用简单的西语表达。这绝非在语言学校学了3个月的成果，而是在日常生活中耳濡目染的结果。学一门语言，最快的，莫过于被扔到一个环境里。语言的功效，倒也就是沟通交流。

它比英文学起来简单，怎么念就怎么书写，单词不需要死记硬背。语法上，关于词的性别，有时我会钻牛角尖：“为什么这个词就是女的，那个词就男的呢？不合逻辑啊……”而西班牙朋友们往往也会无奈地说，他们从小就是这样说的，没有人会有意识地去记住它，在平时的习惯中，也就顺口而出词的阴性阳性了。

一开始，我傻坐在电影院，如同傻坐在一群西班牙朋友中间一样，什么都听不懂，大家笑起来，也只能尴尬地跟着一起坏笑。从脏话教学开始，在哈哈大笑之中，渐渐地，语感出来了，有时候也大胆地讲几句，学得飞快。

回想起来，还是闹过许多笑话的。

“星期二”和“更好”，这两个词我总觉得很相像，于是，和玛利亚对话就成为：“今天是星期几？”“今天是更好！”“更好？”“不是更好，难道是星期三吗？”

玛利亚愣了3秒钟，随即笑出了眼泪：“是‘更好’，而且还是‘星期二’！”

// 巴塞罗那，阳光灿烂的每一天

随时准备艳遇

梁咏琪嫁到西班牙来了！

一天傍晚，我正在教玛利亚包饺子，窗外是一片被夕阳染红的天，黑胶唱片旋转着，传出悠扬的爵士乐。

我想起一个新闻来，于是兴奋地告诉她："有一个漂亮的中国女孩，叫梁咏琪，很有名，唱歌很棒，还拍过电影，她最近嫁到了西班牙，就是在巴塞罗那遇到她老公的。"

"快给我看看照片！"玛利亚开心地说道。

我放下擀面的棒子，洗了洗手，拿来电脑。玛利亚看见梁咏琪和 Sergio 的照片，说："中国女孩都很漂亮！他们看起来很幸福！"

梁咏琪本来是来到西班牙旅行的，一直在埋头准备演唱会。在巴塞罗那，经过当地的朋友介绍，认识了 Sergio，一见钟情，可没有立刻在一起，因为她担心异地恋难以维系。可是，4 月的时候，Sergio 充分表现出任何西班牙男人对最爱的女人的热情，飞到了香港找她。

看过梁咏琪在那无比亲切的奎尔公园拍的 MTV，才知道 Sergio 是在那个无比浪漫的地方求婚的。

哦！梁咏琪，亲爱的姑娘，欢迎成为西班牙媳妇。后来，看见她带着 Sergio 参加综艺访谈节目，他们不时地亲吻，同时眼里流露出温柔，果然，巴塞罗那是一个能带来奇遇的城市。

如果你来到巴塞罗那，请做好随时“艳遇”的准备！

似乎每一座热情的城市，总能吸引热情的游客，那就好像一个自来熟的人，总会有许多人与其倾谈。伍迪·艾伦的《爱在罗马》里，一个美国女孩在罗马旅行，有个当地男孩从她面前走过，她上前问路。没想到这成为一段恋情的开始，两人一起出游，一起生活，最后决定结婚。

在巴塞罗那，虽然不是人人都如同梁咏琪或是伍迪·艾伦的电影主角一样能有艳遇，但是，这到底是一片能带来奇遇的神奇土地。

工作的日子，每周我都有一天能离开办公室，带着相机和老板圈画过的地图，徒步穿梭在巴塞罗那的大街小巷拍摄。一天，我在凯旋门下拍照，一个高瘦的男孩跑来，他有着棕色的卷发，穿着简单的汗衫、牛仔裤，一副墨镜挂在领子间。他问我能不能帮他拍张照片，我点了点头，拿过他的相机。

看起来不是西班牙人，却又有些相似，说英文的口音可爱得很。

拍过后，他谢过我。我问：“你是哪里人？”

他说：“意大利威尼斯。”

果然！典型的意大利人啊！说话要和他保持一定距离，因为他的手在空中飞舞，必须小心不要被打到。

他说他要去毕加索博物馆，问我怎么走，我打开地图，发现我正好也要去，于是两人就一起同行。一路上，他一直和我聊天。倒别幻想那么多，与风月无关，更提不上艳遇，只是自来熟一样，遇到，发现同路，一起出发。

他来巴塞罗那是为了探望在这里工作的哥哥，他在意大利一家赌场工作。听说我是中国人，他说，在意大利的赌场，顾客有很多是中国人，他也有个中国同事，是他的好朋友。

从凯旋门走到毕加索博物馆，会经过巧克力博物馆，我们在门口张望了一会儿。巧克力博物馆在巴塞罗那是很有名的，据说门票是可以吃的，因为游客是凭一块长条巧克力入场。

看到面前的巧克力喷泉，我们看了彼此一眼，默契地说：“还是花时间看毕加索的画吧！”

不过，为了找到毕加索博物馆，我们左绕右绕了很久，午后的阳光，晒得头顶快冒烟了，于是选择在一家小酒吧喝一杯饮料。

休息过再出门，没想到走了条街，在一个窄巷中看见了我们要找的目的地。

就是在窄巷子里，建于 15 世纪的老建筑。里面收藏的，并不是毕加索最著名最成熟的画作，而是当年在巴塞罗那临摹的稚嫩作品。也可以通过当年的画，看见巴塞罗那曾经的模样。

看着那些画作，意大利男孩小声地给我介绍起毕加索来，原来，他最迷恋的艺术家就是毕加索。

其实毕加索并不出生于此，他来自南部城市马拉加。14 岁那年，他和父亲一起来到了巴塞罗那，在他 23 岁的时候，他去了巴黎定居。

9 年，在这里他度过了青少年时期。可是，巴塞罗那却改变了他的一生。14 岁那年，他来到巴塞罗那美术学校，学习绘画艺术，这是他第一次系统地接受美术理论教育和基础训练，巴塞罗那城市公园曾是他最爱写生的地方。尤其当他十几岁的时候，正值巴塞罗那新思潮文化的发展期，毕加索的青春，就是在这样一个时期逐渐展开的。

在十几岁的时候，他和许多人一样，经历了许多第一次：第一次独立完成一幅画作，第一次获得比赛第一名，第一次参加全国美术展览，第一次走出校门，第一次在社会上结交志同道合的朋友，甚至第一次接触到性。

这些第一次，都是永远的改变，刻骨铭心，能够改变人的一生，他也越来越确定自己要走的路。

毕加索在日记里写过："每次见到小孩子在街上、在沥青路面或在墙上乱涂乱画，我都会停住脚步，他们笔下的东西往往令人感到意外，总可以让我学到一些东西。我在他们这个年纪时就能画得像拉斐尔一样好，但我却花了终生的时间去学习如何画得像这些孩子一样好。"

有人评价："在巴塞罗那的 9 年，毕加索完成了人生中的一次蜕变。"也有人说："毕加索的人生丰碑是巴黎，那么，他的碑基是在巴塞罗那。"

世界上一共有两座毕加索博物馆，一座在巴黎，另一座就在巴塞罗那，那一次我去看的地方。

1958 年，当他决定建立自己的美术馆，毫不犹豫地将第一个美术馆的地址选在了这座有着他许多回忆的城市。

毕加索说："我的作品的唯一目的，就是要表达激情！"

他的有名有姓的伴侣，前后一共有 7 位。不幸的是，其中一个病逝，一个精神分裂，还有两个自杀身亡。还有四只猫，是巴塞罗那最有名的酒吧，毕加

索常常在那里创作，有很多人慕名而去。

但若是如此认为，却又不合理。因为在加泰罗尼亚，达利一生只爱了一个女人，而高迪，则把自己献给了建筑。巴塞罗那本土画家——米罗，即使在作品里，显现出对于女性魅力的万分着迷，也公开表达了对于情欲的崇拜，认为情欲是生命的原动力，可是米罗的一生却只爱过两个女人：他的妻子和他的女儿。

因为毕加索，我忍不住想到了另一个浪漫的女人：三毛。

她的西班牙情结，一切缘起于毕加索，她也热爱绘画。在她还不懂事的时候，爱上了毕加索的画作，并且希望自己快快长大，可以去西班牙，献身给这个西班牙的伟大画家。

离开毕加索博物馆后，我们一路走回了加泰罗尼亚广场，在喷泉前告别。

这就是巴塞罗那的奇妙吧。有时我们期待的，不是场艳遇，而是一段不经意的人生交集。

“如果没有遇见你，我将会是在哪里？”邓丽君这样唱着，而在巴塞罗那，你来到了这里，所以我们相遇。

会笑的葬礼

他的祖母病了，很重。

很难想象，之前还和他一起将这个善良而慈祥的老人送去医院进行例行体检。我们两个在医院楼下的咖啡厅等着，一人一个羊角面包，那一家做得格外美味。祖母到楼下来会合的时候，面带笑容地点了一杯咖啡，说“检查一切顺利。”

我和他一前一后陪着祖母回到车里，7月的阳光盛烈，我低着头，无意间看见了眼前这位老人腿上的皱褶和斑纹，她走得极慢。为了陪伴老人家，我也故意放慢了步子。

送走了祖母，看着祖母颤颤巍巍地走回公寓，他说：“奶奶得了癌症，很早就查出来了，这些年好多了。”

祖母和祖父两个人住在5层楼高的公寓，没有电梯，每天上上下下，即便对我这样的年轻人来说都是一种折磨，对于他们两个更不容易。善良而和气的老人，一定会健健康康、长命百岁。又想到他们两个家里养着的白色的小狗和猫，两个小动物就如同两个老人一般亲近而和睦，心里一阵温暖。

只是一个月的时间，我回了中国一次，再回来巴塞罗那，第一件事就是和他一起去医院探望病危的老人家。

他的母亲玛利亚在那里日夜守候着，面容憔悴。

他说："奶奶对我来说很特别，从小就照顾我。"

那段时间，他沉闷难过。

祖母所在的医院是巴塞罗那一个看护所，里面全是病重的老人。护士大多是来自南美的中年女人，中午来来回回发着药水，整座看护所弥漫着一股死亡的气息，混杂着老人身上浓重而哀伤的气味，让活着的人很不好受，而病重的人只能静静躺在那里听从命运安排。

怎么也想不到，我也亲吻过这个老人，还和他一起陪同她去医院，仿佛昨日，一起在医院那里吃着好吃的羊角面包，老人家塞给他一张 10 欧元，就像中国的老人给小孩零花钱一样，我在一边看着，心里笑着，就像外婆也总是会塞给我零花钱一样。

此刻，眼前却是一个皮肤苍白、身体消瘦到连骨头都看得见的虚弱老人，我过去给了祖母一个吻，老人一点意识都没有了。

第二天清晨，还在睡梦中，玛利亚敲门，把他叫出去，他回来揉着眼睛吸着鼻子，什么都不说，背过身去躺着。

祖母过世了。

不久，葬礼如期举行。

这是一栋连着教堂的房子，房子是亲友碰头的聚集地，每个人一抵达，第一件事是亲吻所有在场的人。然后，红着眼睛去最里面一间房探望老人。

和他一起参加葬礼，那是我第一次见他的家族，居然是这样的场合，但是每个人好似都很热心地和我说话，一点也没有陌生的感觉。随后走进里屋，看见了老人家躺在玻璃窗后面，被花朵包围，祖父在一旁悲伤地站着。和祖父吻后，我给了他一个结实的拥抱，我不知道能用什么言语去安慰他。一个拥抱，是我所能做的。

玻璃窗后的老人化了妆，面容安详，双手交叉着放在胸前，好像只是睡着了。周围的人小声交谈，好似只是不愿意吵醒老人。

下午1点，告别式在一旁的教堂开始了。请来的司仪控制着流程，随后老人的后辈一一发言，讲着曾经发生的故事，原本非常悲伤的教堂里，众人时而沉默，时而笑出了声。

这是我第一次见识到有笑声的葬礼。以前只是在书里看见人类学家到了津巴布韦一个小部落，那里的人去世了，举办葬礼不许任何一个人哭，反而要大笑，笑得越欢乐表示越尊重。

大家都要讲一个关于死者生前发生的有趣的故事，以此证明他曾如此快乐地活在这个世界上。

在巴塞罗那的教堂，虽然没有那么极端，但也异曲同工。

葬礼过后，就像是国内的葬礼一样，整个家族去吃午饭，却没有像中国那样考究，需要吃白色的豆腐汤，甚至全素的餐饭，在这里，他们选择了一家Tapas餐馆。70多人，浩浩荡荡，长辈、小辈以及小小辈落座后，把餐馆门口所有的桌椅都占满了。一共拼满了3排长长的桌子，这种架势，令我想起了以前学习市场的时候，老师讲到的最经典的入乡随俗的可口可乐广告，具有西班牙特色，一群人一起吃饭开派对。

我还是很拘束地一言不发，害怕说错什么，害怕表情不对，可是担忧立刻都不见了。一家人点完了饮料和Tapas后，开始聊起天来，甚至大笑着说起了最近的生活，每个人都好似忘记了这次聚会的缘由，好似忘记了死亡笼罩的阴影。直到最后，我甚至认为在旁人看来，这只是一次平凡的家族聚会而已。生命在继续着，再也没有比西班牙人更乐观的人们了吧。

第二天，玛利亚悲伤地捧着一只花瓶回家，里面是祖母的骨灰。

祖母的照片被打印出来，她穿着红色连衣裙，意气风发，站在巴塞罗那凯旋门前。花瓶被高高放置在了客厅的橱柜上，静静地永远地陪伴着一家人。

西班牙诗人塞尔努达写过一段很美的话：

“对一些人来说，活着就是赤脚踩在玻璃上；对另一些人，活着是面对面地看太阳。海滩靠每一个死掉的孩子来计算时间和日期。一朵花开了，一座塔塌了……你的命运就是看着一座座塔耸起，一朵朵花开放，一个个孩子死去。”

// 我亲爱的阿曼达和小土豆

夏天跑到城外过

祖母去世的夏天，本以为原先的野营计划取消了，可不久，晚上玛利亚在客厅里叠起衣服来，也让我们两个准备野营要带的衣物。他告诉我，自他童年开始，每逢 8 月，就和家人一同去野营，西班牙人在 8 月可以请长假，巴塞罗那的社区基本上是空的。野营地在加泰罗尼亚基洛纳附近的小镇，那里有一个野营基地，沿着海，到了夏天，公路上可以见到一辆辆房车，车顶还有自行车，从巴塞罗那往外跑。

那是我第一次野营，全部由他打点行李。

到了那里，阳光依然灿烂。“准备好晒成棕色啰！”他开心地说道。

“吓！我那样子一定很可怕。”想起在爱尔兰做交换生时，有一个同学，爱尔兰本地人，跟随家人一同在 12 月飞往阿根廷，住了 3 个月，回来上课，铜色皮肤在一群苍白的爱尔兰人中显得美丽性感，众人艳羡不已。可我只记得小时候在海南岛和父母旅行，晒得样子很可怕。也记得第一次来到巴塞罗那，在西切斯海边晒完后，那一整个夏天我都被父亲说像是东南亚人。

但想来，身边的西班牙朋友一个个消失了踪影，要不然便是长相和原先不同，个个都成棕色的了，有人是在海滩晒的，也有人提前野营回来。

房车让玛利亚和安德里克住，小土豆还有阿曼达住在帐篷里，我和他住在另一个帐篷里，靠近一群德国人。当我们打起搭帐篷的用具，把它们从袋子里取出时，我怀疑地问：“够两个人吗？”他神秘地说：“还能再进来两个人呢！”

我们把帐篷展开，他负责把钉子固定在泥土中，我负责把帐篷撑起来。完工的时候，我发现帐篷很大。跑进去，却很闷热。第一夜，怎奈何无法睡着，闷热，打开门帘，却又立马有蚊子在耳边骚扰。一晚上睡不着，两个人聊起天来，累了，连蚊子都烦不到地睡着了。第二天一早，热到无法继续入睡，原来太阳直射进来，里面迅速升温。

“睡帐篷还真是不浪漫！”我嘟了嘟嘴巴，说道。

玛利亚已经准备好了用烤面包机做的长棍面包，松脆，上面配着提前切好的大家都知道我喜欢的火腿，但树和安德里克笑起来：“她只吃里面的肉！不用给面包了。”

每一次在加泰罗尼亚广场散步，饿了买一个三明治，我一口把里面的火腿全部吃了，身旁的巴塞罗那朋友捧着一片干面包不知是哭是笑。吃惯了十几年

白米饭，突然靠面包生活，感觉很不习惯。

吃过后，安德里克看着我，说："你见过巴塞罗那男人没胡子的样子吗？"

玛利亚翻译给我听，我惊讶地说："啊？"

这时，他正拿着刮胡刀，准备往营地公用洗澡间走去。玛利亚解释道："哈哈，虽然他平时总留着胡子，但每到夏天野营就一定刮得干干净净。"

"为什么啊？"

"他回来了你就知道啦！"

没过多久，在我的视线里，有一个眼熟的陌生人。"没有胡子的你，看起来年轻太多！"我惊叹，第一回发现胡子就像女孩的刘海。

"必须要弄干净啊，这样不会晒太阳晒得嘴巴这一块很白。"树解释道。

海滩边，这时候不到正午，有微风，因为下午最热的时候，容易中暑。于是到人工游泳池的树荫下，躺在地上盖着大毛巾，一家人午睡。

夜晚，开车到邻近的小山村里，大吃大喝一顿。

玛利亚提议，全家一起散步。

队伍略大，所以变成玛利亚和安德里克一起走在最后，阿曼达一家在中间，我走路快，在最前面。夜晚凉爽，他们指了指远处亮着的足球场："看！旁边还有个游泳池，在那里，托尼和魏妮莎在一起的。哈哈，他们的初吻也是在那里。"

"你们以前一起来？"

"是啊，好多年的习惯了，不过现在大家都找不到在一起的时间，就只和家人一起了。哈哈，那时候啊，我还记得第一次喝酒，也在这里。喝不来，立刻就醉了，被安德里克笑了很久，听说说了傻话，而且大家都听着呢。"

我听着，望向远方，问道："那是一栋大厦吗？"

“这里不是上海、纽约，没有高楼大厦，那是山上许多亮着的路灯。”

看起来太像一座灯光全亮的百货商厦了，就在对岸的小镇。不过想起来，这里就算有，也是不会那么高的。对面看起来，像是20多层高的灯火辉煌的百货商厦，应该就是星星点点的路灯和人家。

“看！流星！”这时候听见旁边有人喊着，后面还有阿曼达的说话声。

“哪里哪里？”我激动起来，从未看见过流星。

“前面的方向。这里现在一直会有的，盯着天空看吧！有次，我和戴维一起在海边看星星，看着看着就睡着了，第二天是被太阳晒醒的……”

“啊！我看到了！我看到了！”我跳起来。

天空繁星很多，像是一颗颗银色的耳钉，突然有一颗划下，那过程是在一眨眼之间。如果觉得恍惚，还以为是幻觉。

“还好！我许愿了！”我兴奋地说。

几天下来，野营回到巴塞罗那家里，我晒得棕黑。

他们常问我，对着流星许了什么愿望。我摇着头：“不告诉你们，说了就不灵验了。”

流星划过的一瞬间，你会想到的愿望都是寄存心中已久，不需要努力思考便能脱口而出的最真诚的想法——

巴塞罗那，希望这一份美好永远保留在心里。

西切斯

下午

3 米距离之内的梅西

了不得！保拉家养了一只会说话的猫！

作为亚洲人，吃不惯奶酪，为了引诱我去参加奶酪火锅派对，他们以此把我骗到保拉和维克多在市中心的公寓。保拉养了两只猫，很早我便知道了，但听说他家的猫会说话，就一定要去看看。

进屋后，两只小动物见到我，却有些害怕，躲在保拉脚后面。他们开玩笑说:“你会不会把它们红烧？”

上一次听到那则“中餐馆附近都不会有猫”的笑话以后，他们这群家伙止不住这个习惯，不过出发点是善意的。

保拉长得很可爱，即便 30 岁了却依然像是 20 出头的小女孩。维克多第一眼就让我觉得像是“绿日乐队”的主唱，个子不高，两眼深邃。头一回见到，我惊喜万分地和大家说出这个想法，无人应和，但每次见着他，我依然在内心惊呼。

维克多比保拉小 3 岁，两人在一起就像青少年，热爱一切日本动画的衍生产品，家里有一面墙，贴着形形色色的动漫海报，另一端橱柜里，满是游戏碟片。

“你们来啦！快来看看，我刚刚收到的日本寄送来的阿拉蕾模型！”保拉把我拉进来。

“保拉，先给她看看你们家猫怎么会说话的！”

// 街景

保拉拿起包，假装要出门，于是说："再见！"这时候，猫竟然挥了挥手，"喵"了声。屡试不爽！

大家逐渐从笑得肚子痛恢复正常。

"今天是奶酪派对！我先准备啦。"这时，我才发现原来猫只是一个借口，是旁边的这一位想吃奶酪了。在荷兰时，我喜欢过一阵子奶酪，着实因此胖了一圈。但到了西班牙，看到一大块饼干一样的奶酪，却不自觉地产生了抵触心理，甚至每次吃比萨，都要点没有奶酪的。维克多最拿手并且常做的是千层面，却不得不单独为了我做了一份没奶酪的，甚为辛苦。

"啤酒来了，桌子上奶酪准备好了，薯片也来了！维克多开电视！"保拉是一家之主。

"哦，比赛要开始了？"我们 4 个人加两只猫，看着球赛，吃起奶酪火锅。

只有我一个人往嘴里塞薯片。

"我问了所有人，下礼拜天米盖外婆家碰头！在巴塞罗那隔壁的山里面，球赛看完我们在那里住一晚。”维克多说。

“好的！”我和树纷纷答应了下来。

“喂，你们两个不是上礼拜刚去了主场看球赛吗？怎么样？”保拉问我们，往嘴里塞了一块融化的奶酪。

树看了看我，“唉！她可是带着相机去的！见到梅西靠近，手就抖，所以啊，有梅西的照片都是抖掉的！”

“我也揭穿你，伪球迷！那天就我们两个人悠闲得像是在体育场周围散步，开场了别人都在往里面跑，唯独我们两个笃定地走到入口处。接下来看球，凑热闹和大家一起喊喊，觉得肚子饿了，中途就离场，开车到 Splau 了竟然！”我说道。

保拉和维克多边吃奶酪，边像是看戏一样地看着我和他。

维克多带着嫉妒的语气说：“你们当时在 VIP 最前面的区域，好像离球门不过 3 米？”

他回答：“是啊，我们家有个叔叔，爱看球爱到骨子里了，买了 2 张年票，位子是最好的，一有空就去看。”

看维克多羡慕了，保拉也来凑热闹，假装惊叹说：“我有个同事，在市中心的家乐福遇到皮克了。好像去年，她还在餐馆遇到过 NBA 打球的那个……那个……”

维克多连忙说：“Ricky Rubio？！”

我翻出手机，给大家看一个在巴塞罗那读书的朋友的照片。他是十足的梅西迷，几乎每一次知道巴萨在训练，都会跑到训练场门口等。梅西开着车出来，一群球迷围上前，心情好的时候，停下车和每一个人都握手拍照。那次，他正好赶上，拍下来非常近距离的合照，在网上还引起了一阵转发热潮。

一星期后的礼拜天，我们一起在米盖外公家里的时候，一屋子十几个人。订了 5 个大比萨（有一个特地没有放奶酪），一人手里一瓶 Estrella 啤酒，坐在电视机前。

正中间的矮桌上，放着每个人的赌金 10 欧元，还有一本记事本，记着：“保拉：2:0；维克多：1:1；魏妮莎：0:3……”

我没看懂最上面的西班牙语，问：“Azulgrana 指什么？”

他解释道：“在西班牙，巴塞罗那球队有自己的称谓，Azulgrana，是加泰罗尼亚语，Azul，在加泰罗尼亚语中指的是蓝色，而 Grana 则是红色。合在一起，就是巴萨球队的颜色。”

原来，如同我们中文里说的“巴萨”和“巴塞罗那”的区别一样。

说巴萨，指的自然就是足球队了，但若搜巴塞罗那，出现最多的，也是足球队。所以，如果说到巴塞罗那，不一定指的就是球队（当然，也不仅仅指巴萨一个球队，当地还是有不少人支持本土的西班牙人队）。但说到“Azulgrana”，那么一定指的是巴塞罗那队，但除了足球，还包括了俱乐部的其他项目，诸如篮球、水球。

记事本上写着大家下的注和赌的比分，可见，在巴塞罗那并不是所有人都是巴萨的球迷。

玛利亚和安德里克夫妇便如此，一个支持皇马，一个支持巴萨，所以，整场球赛看得格外热闹，进球了，屋内同时发出惋惜和欢呼声。

最后，我竟然赌对了比分！一个人赢了那天晚上所有的钱……

// 阳光明媚的街景

FINQUES GASC
bonArea

LLIBRERIA

他们为什么那么喜欢巴萨?

都说向往巴塞罗那的有两类人：一类是喜欢高迪的，一类是铁杆的巴萨球迷。

有个好友，座右铭从未改过："此生最大的愿望是和我最爱的人，一起穿着巴萨的球衣去巴塞罗那，去诺坎普看一场巴萨的比赛。"

诺坎普球场，建于1954年，是西甲球队巴塞罗那的主场，球场座位的颜色为红、蓝两色。它是欧洲最大的体育场，并且也是全欧洲拥有最好设备的足球场地，曾一度获得"五星级球场"的雅号，也是世界第二大体育场。1982年西班牙主办世界杯，体育场的座位数从9.8万增加到了12万。

以下是我在自己发起的一个微博里，选的一些理性的回复，回答为什么巴塞罗那队会如此受欢迎：

赵一鸣：巴萨球员的友谊是最忠诚的，他们大多出自拉玛西亚青训营，一群最棒的球员从儿时就在一起，所以他们踢出了最有默契的足球，在他们的演绎下，踢足球不再是一种运动，而是一种艺术。

王蕾：巴萨的足球文化源于加泰罗尼亚的民族性质，自私、卸磨杀驴、高傲自大。

何拓：巴塞罗那，不只是一家俱乐部。这家俱乐部最特别的地方是对历史的传承和具有民族情结。爱这家俱乐部，也许是因为我自己的情结无处安放。我那个时候在现场看过一次球赛，就和小时候在天安门看升旗的感觉差不多。

杨政：巴萨的球衣后面写有这样的一句话："不只是一家俱乐部"，它更是巴塞罗那这座城市的一个标志、一种象征、一种信仰。于我而言，它是我的足球初恋，当年小罗率领梦二华丽地席卷欧罗巴，我也在懵懵懂懂中爱上了这世界第一大运动，爱上了那来自加泰罗尼亚海滨的红蓝色球会。

赵钟根 Toto：巴萨是一家会员制俱乐部，和股东制、老板制不同，其代表的加泰罗尼亚地区是一个在西班牙很特殊的一个地方，所以巴萨的足球和西班牙的政治有了联系，这样的足球俱乐部相比其他俱乐部，其承载的和蕴含的就更多，有关它的故事也就更多。

范维嘉：巴萨制胜的法宝就是传球！他们开启了一个时代，控球流从此名扬天下，不断地传切，从后场到前场，从门将到前锋，每个人都能控球、传球，甚至可以说，巴萨的球是传进去的。这就是我理解的巅峰巴萨。

陈建军：自己是 2003 年喜欢上这个球队的，当时的巴萨正处于最低谷，然而其华丽的打法让我慢慢地喜欢上它，我开始关注这个队，关注这个加泰罗尼亚地区的文化，关注巴萨这个队伍的历史。加泰罗尼亚民族和巴塞罗那地区在佛朗哥政府独裁统治时期不屈服的精神深深地打动了我。2004 年巴萨开始复苏了，在 2006 年达到顶峰，获得了史上第二个冠军杯。那时候小罗的牛尾巴过人俘虏了多少球迷的心。2007 年、2008 年梦二进入了短暂的低迷。2009 年，在国王瓜迪奥拉上任后重新达到了巅峰，被人称为宇宙队。以前挺喜欢看英超的比赛，自从看了巴萨的比赛后，现在看什么比赛都觉得索然无味。这些年巴萨成了自己的精神信仰，每当自己遇到什么困难的时候，就会想到巴萨的精神，自己就会充满力量地去克服这些困难。因为历史的原因，巴萨和皇马的比赛成为全球最瞩目的国家德比，两个俱乐部也在这种竞争中不断进步，没有巴萨，就不会有现在的皇马，没有皇马，也没有现在的巴萨。因为巴萨的队服是红蓝色的，皇马的是白色的，因此作为巴萨球迷，很喜欢一句话：白云偶尔能遮住蓝天，但蓝天永远在白云之上。我们的血液永远是红蓝色的。Vamos Barca ！

郝鹏飞：与皇马代表的西班牙政府和皇室的正统大气相比，巴萨作为加泰罗尼亚球队，有点叛逆的味道（加泰罗尼亚人一直渴望独立）。从球场上的表现来说，瓜迪奥拉领导之下的巴萨打法赏心悦目，团队配合冠绝欧洲，成绩更是没得说，这也是巴萨球迷这几年剧增的最重要原因。

刘子轩：巴萨华丽优雅的足球态度和先进的足球理论，在管理上堪称完美的青训体系，还有会员制的球队管理层，让球队永远不会破产。最最重要的是巴萨代表着一种感觉，一种享受控球的感觉，掌控比赛节奏的感觉。他们就像是绿茵的绅士，主要是他们娴熟的脚法，让我们有一种享受的感觉。（通过手机发布）

宋梓嫱 Barca!!!：2006 年开始喜欢梅西，很自然就关注了他所在的俱乐部。那时候巴萨的球赛每场都会看，慢慢地不只是因为梅西而喜欢这个俱乐部，而是被加泰罗尼亚文化和巴萨球队文化而深深吸引。后来学习了西班牙语，迷上了西班牙的饮食和文化。吻。

梅团别为我踢灿烈 -2 晨：一个女孩能喜欢上足球，就足以证明巴萨的魅力。一开始是看到梅西的一个进球，才发现原来足球的魅力是酱紫的。从来不接触体育，到后来喜欢足球，甚至开始关注中超（恒大和建业）和国足。那些信仰什么的说得多了也就没什么意思，但是巴萨和去巴塞罗那已经成为我生活的动力。

Drops_Of_Jupiter23：呼，好像一发不可收拾，还没写完……平时周围很少有女生看球，班里的男生也蛮不屑和我们女生聊足球，所以看球是件蛮孤独的事情啊。有时候熬夜看完兴起也没有人倾诉，闺密们都对化妆打扮爱得深沉，似乎也很难对我对足球的喜爱感同身受。还好现在微博兴起，和一群热爱足球的妹子看看球，迷迷帅球员，真的很棒。网上有个照片，是一个铁杆巴萨球迷家装的样子，满满是红蓝色巴萨的元素，着实羡慕得紧！我收藏最多的就是回信官寄过来的明信片、海报、球衣、围巾和队旗啦！我在微博上有个认识的姑娘，拍的婚纱照有一组是巴萨套系的呢！很漂亮。我给巴萨俱乐部寄过几封信，夹了回邮券，满怀期望也没有失望地收到了回信官的回信，虽然很官方，但我认为它是我收到的最棒的礼物。之后也请朋友在西班牙买了冠军纪念衫、围巾这类的纪念品。也许这是每个球迷都会做的很普通的事情。想想看，喜爱一支球队的初衷似乎无从说起。若说开始看球是以一抹红色的西班牙 5 年前夺得欧洲杯为起点，那倾心于巴萨则是从梅西、亨利、埃托奥”三叉戟“席卷欧战赛场开始的。虽然我不是看球资历很深的球迷，但是 5 年多来一直看着这支球队的成长、球员的转会、高层的变动、教练的替换。

丧心病狂的撒卡：从捍卫民族尊严的斗士到发扬城市精神的先锋，从民主独立的推动者到铁腕黑金的践行人，从坚守华丽视觉的攻势足球到恪守效率至上的功利商业，红和蓝，巴塞罗那的山脉紧邻着大海，太完美地阐释了什么是“不只是一家俱乐部”，蛊惑人心，让人无力拒绝。

D 酱秋：巴萨不仅仅是一家俱乐部。

植物君 _VillaSieteSiempre：我爱这个球队，也爱这座城市。足球融入到加泰人生活和灵魂的一点一滴，他们把红黄的区旗穿在身上，他们把瓜迪奥拉当作他们的国王，他们爱自己的城市，所以才会有小法这种背着骂名自己倒贴也要回家踢球的人，也有哈维普约尔这样忠诚的旗帜：Once a culé，always a culé（生为红蓝，死亦红蓝）。最近虽然这种巴萨模式逐渐显现出弊端，背负的骂名也越发多了，但这绝不会影响真球迷对它的爱，巴萨很符合" més que un club "这句口号。他们会邀请无腿少年去他们的训练基地和一队球星踢球，他们会把患唐氏综合征的女孩设计的字体印在球衣上去比赛，他们有时也会尊重球员意愿把它卖到出价低但是球员自己想去的地方。拉玛西亚有自己的独特个性，他们开创了"tiki-taka" ，敢于打破常规，用控球和短传击溃对手，把球传进球门，这是巴塞罗那自己的足球，也是他们自己的文化。他们的思想极大地影响了西班牙国家队，应该可以说是如今西班牙王朝的奠基者。即使"加独"闹得沸沸扬扬（这真的不是黑），也不影响他们毫无保留地为国家队打拼。

SSer_U_ll_lll_V：巴萨体系，巴萨球风，用三个词形容就是智慧、忠诚、谦逊。巴萨的球员大多数都是靠青训培养的，现在巴萨的球员多数都是儿时青训的伙伴。巴萨培养的球员大多都忠于巴萨，例子不必多举，伊涅斯塔、哈维、普约尔、梅西都不曾离开，有些离开过的球员最终也会回来，直到退役，梅西更是坦言决不会离开巴萨，这已经很让人感动了。

妞总直属林妮妮：喜欢巴萨的足球风格跟底蕴。巴萨经历了很多苦难，才一步一步成为现在的宇宙队。巴萨的球星很多，但是都不招摇，性格都比较偏内向，话不多，但都是用实力说话。

生 - 鲜 - 鱼：脑残疯狂女球迷一枚，从一开始人迷到后来的队迷，再到现在的球迷。对足球、对巴萨、对巴塞罗那有过很多想法，想过做足球记者，努力学西班牙语，到现在仍然还有很多“浪漫的幻想”。可能我对足球除了纯粹的喜欢，还多了很多自作多情的过度脑补，不能算严格意义上的纯球迷，不过谁也没说球迷只有一种姿态。

greg 油炸丸子：也许就是第一眼看到的那一抹红蓝吧。

___Tse：对足球不是很懂，但是因为我的他慢慢懂得一点点，对这座城市的热爱或许更多的是它的文化、它的语言还有对那边的向往，很喜欢很喜欢的一座城市。其实可能不是足球这项运动本身，可能是因为足球拉近了一些人的距离，或者因为喜欢足球的那个人而结识足球。

五竹 - 文刀：看到你发微博说想写一篇巴萨足球方面的文章，我感觉或许我可以提供一些帮助。首先可以先介绍一下我自己，旅英 6 年，去过 3 次 Barcelona，喜欢这个俱乐部 10 年，偶尔会在虎扑上写一些战术分析文，现在在着手翻译巴塞罗那前教练的自传，已完成 3 万多字的进度。巴萨是一个历史极其悠久的俱乐部。和经典的欧陆及英伦豪门俱乐部不同，这家俱乐部身上承载着更多民族、政治上的东西，他们更多的时候会代表着巴塞罗那，以及整个加泰罗尼亚地区与西班牙征服者们的对抗。这一点从他们夺冠从来不披西班牙国旗却披加泰罗尼亚区旗可以看出一二。

世界杯，居然有巴塞罗那人不支持西班牙队

那年，西班牙夺冠了……

世界杯西班牙夺冠的那年，决赛时，我刚巧从荷兰前去巴塞罗那过夏天。小镇里，人们聚在中心广场上，中间摆满了桌椅，供大家喝着啤酒聊天，边上则是巨大的电视屏幕，这温馨景象，颇似旧日的露天电影棚。

每当西班牙队进球的时候，我居然会听见一阵嘘声，起初以为听错了，但后来，又发现荷兰队每次进攻，都有阵阵掌声响起。

“怎么可能有人不支持西班牙队？”带着强烈好奇心，我悄悄地问一旁的他。

他告诉我，这里的加泰罗尼亚独立分子，因为不支持西班牙国家队，所以就站在荷兰队那一边以表明政治立场。

接下来，又有天夜晚和隔天早晨，当我走在凯旋门边，面前走来一长串游行示威队伍，其中有老人、小孩还有年轻人。有的小孩骑在父亲的肩膀上，双手握拳，唱着加泰罗尼亚当地的“国歌”。

独立和足球

在西班牙，有两个地区最让中央政府头疼，一个是作为巴塞罗那首府的加泰罗尼亚，另一个则是巴斯克。

这里不似法国，巴黎一直以来都是法国的中心，所以一片“国泰民安”，而西班牙的每个地区都相互不买账，独立自治，现在还在动荡。

巴斯克严重到时常有恐怖袭击，人们一说到埃塔组织，个个皱眉，这个极端组织发起过许多破坏活动，甚至在马德里市中心引爆身上炸弹，让平常百姓无法正常生活，生命受到威胁。

加泰罗尼亚却显得温柔多了，对比彪悍的巴斯克的大汉，加泰罗尼亚人性情善良，珍惜生命。有民族专家分析，这一股民族的能量，是因为加泰罗尼亚人找到了地方去宣泄：足球。

在西班牙，有两支最负盛名的球队，并且在世界范围内大致分成了两拨球迷：一边是支持皇家马德里的，另一边则是支持巴萨的。1899 年，加泰罗尼亚人抢在马德里人之前，在首府巴塞罗那创立了巴塞罗那足球俱乐部。3 年之后，马德里才依靠王室支持，建立了皇家马德里足球俱乐部。

西班牙人对于足球的热情，加上政治原因，令两队的每一场比赛都热火朝天，堪称世纪大战。每一次巴萨对皇马，都是一票难求，酒吧挤满了人，在小镇里，街上几乎无人，大家都在家看比赛。甚至每一场巴萨的比赛，都被拔高到加泰罗尼亚精神的体现。

加泰罗尼亚人拼命建设工业、做贸易，随即把大把大把的钱投入到足球队中。至今，它已然成为连续获得欧冠，创造神话的宇宙球队。

嘉倩

看个球

2 分钟前

巴塞罗那的城市历史

若是想了解加泰罗尼亚的独立状况，则不得不从巴塞罗那的历史说起。

加泰罗尼亚位于西班牙的东北，是一个三角形的区域，地理位置特殊，北部和法国、安道尔相连，东面则是地中海。加泰罗尼亚除了巴塞罗那之外，另外还有 3 个区域：赫罗那、塔拉戈纳、莱里达。

这里曾是希腊人和迦太基人的殖民地，据说巴塞罗那的称谓来源于迦太基人首领的名字。当迦太基人战败罗马，加泰罗尼亚成为罗马帝国的一个西班牙行省，这一段历史被认为是迦太基将领哈米尔卡·巴卡兴建了加泰罗尼亚。随着罗马帝国崩溃，哥特人掌权，巴塞罗那成为西哥特人的首都。紧接着哥特人战败，加泰罗尼亚归摩尔人管辖，成为安达卢斯的一部分。

图尔战役之后，法兰克人征服了这片土地，查理大帝在加泰罗尼亚建立了西班牙边区，当时西班牙其余地方依然被摩尔人占领，于是加泰罗尼亚成为法兰克王国与摩尔人的倭马亚王朝之间的缓冲地带。

11 世纪，巴塞罗那成为西班牙最早的通商口岸。在 12 世纪，加泰罗尼亚 - 阿拉贡王国建立。西班牙作为一个整体国家的历史，确切而言，是从 1469 年卡斯蒂利亚女王伊莎贝拉一世与阿拉贡国王费迪南二世的联姻开始的，这一场结合后，西班牙作为王国诞生了。

加泰罗尼亚作为国家的概念，是模棱两可的，地方冲突经常发生。

直到 1714 年，波旁王朝的菲利普五世继承王位，成为西班牙国王。他否认了加泰罗尼亚作为国家的独立，并且取消了它的自治政府，将加泰罗尼亚语从官方语言中除名。

19 世纪后期，加泰罗尼亚成为西班牙的工业中心，经济的发展使得它获得了自治权，却又未完全独立。1933 年，一度重建自治政府，但在 1939 年，西班牙内战结束后，佛朗哥如同当年的菲利普五世，不但否认它的自治州地位，同时禁止人民使用加泰罗尼亚语，违者必死，一旦开口，就会被枪决。

佛朗哥说："如果你是西班牙人，你就必须讲西班牙语。"人们被迫使用"卡斯蒂亚诺"——西班牙人对于西班牙语的叫法。

但随着佛朗哥的离世，西班牙民主转型成为民心所向，加泰罗尼亚恢复了自治，它的语言又重新获得官方地位，并且在世界范围内成为了独立的语言。

如今，加泰罗尼亚成为自治区，1978 年西班牙宪法承认了它的地位。自治区可以自行管理自己地区的事务，拥有独立的政治法庭、独立的警察系统，拥有自己的首府城市。通过这样的方式，政府既给予了该地区一定程度的独立的自由，又保证了西班牙的统一。

1503年巴塞罗那正式建市。上海与巴塞罗那是友好城市，在西班牙的中国人，常把马德里与巴塞罗那的关系比作北京和上海。

// 薯片

独立的背景

西班牙 ABC 头版报道《10 个捍卫西班牙的加泰罗尼亚的理由》中提出了以下 10 点：

语言、共同的历史、加区所做巨大经济贡献、与西的贸易往来大于欧盟、文化、科学、习惯（包含饮食和作息）、足球、在加区生活着的西班牙各地人民、警察。

最重要的是，除了加泰罗尼亚曾经就是一个国家之外，它还拥有自己独特的文化，甚至语言和文字：加泰罗尼亚语，这门可以追溯到 12 世纪的语言。在巴塞罗那，不仅仅是老一辈的人，甚至许多年轻人，他们连西班牙语都说不好，只会加语。

又加上现如今加泰罗尼亚地区是西班牙最为富有的地方，人口占西班牙的十分之一，却在税收贡献上占了整个西班牙的 20%，在工业产值上占了全国的五分之一。

根据书中所说，加泰罗尼亚人的民族性格有着鲜明的特点，更加欧洲化，具体说则是法国化。他们有着拉丁人认同的享乐主义，但同时还有强烈的事业心以及严谨的工作习惯。这些人通常是精明的商人、勤奋的实业家、有经验的航海家、和天才与疯子并存的艺术家。最主要的，他们对于自己所在的加泰罗尼亚有着强烈的归属感。

还记得圣诞节时，我们开车去周边城镇过节，全民欢腾的夜晚，高速公路上一片灯火辉煌，如同未来世界的工业区。这里有汽车、重型机械、化工、精密仪器、纺织工业。

这里的港口，吞吐量达到 2000 万吨。

一度，75% 的加泰罗尼亚民众支持独立。也曾有一度，150 万的民众示威，要求加泰罗尼亚独立，脱离西班牙。

北部同样在闹分裂的巴斯克地区，巴斯克人的种族来源没有人讲得清楚。记得我的西语老师在第一堂课时就告诉大家，巴斯克语是一门孤立的语言，和世界上任何现存语言没有任何关系。

至少,加泰罗尼亚语和西班牙语以及法语是接近的,属于印欧语系拉丁语族。从1830年开始，加泰罗尼亚语言和文化开始复兴。但巴斯克语简直与其他的语言“风马牛不相及”。巴斯克语，在欧洲独一无二，关于它的起源，诸多语言学家至今都未找到解答。

不过，若投票率超过5成，加泰罗尼亚独立，巴萨从此就告别西甲，真的会进入世界杯……

把每天当成是末日来相爱

如果你对西班牙人的偏见是不靠谱和懒惰，那么恭喜你答对了一半：他们虽然不靠谱，但一点也不懒，甚至可以说是勤奋。

小小的提示，当年我刚到巴塞罗那，非常无知，但偏偏无知者胆量大，和一个西班牙人说："没关系，这是你们的文化，我尊重，懒嘛！"幸好无知又是福，对方只是发了点小脾气，她说："你怎么能这样说？我每天 7 点上班，晚上 6 点回家，我妈虽然晚些 10 点才上班，但晚上 9 点才收工。我们家的人都工作得很勤奋啊！"

当年有这偏见，除了来自其他民族的灌输，也是自己观察的结果：巴塞罗那晚上每个酒吧都挤满了人，有的看球，有的在室外抽烟聊天，至于半夜 12 点才开始的迪斯科，生意也是夜夜爆满。巴塞罗那人玩得那么起劲，第二天如何上班？

第二个月的时候，我被安东尼奥请去参加了一个生日派对，在那里，我找到了答案。

我们先是 9 点钟一起在市中心的黎巴嫩餐馆吃饭，接着走路，经过两条街区后，在一家小酒吧，一群人拼长桌坐在门口聊天。凌晨 1 点，我呵欠连连，众人动身去迪斯科跳舞。

凌晨3点多，一个个累了，回家睡觉。我7点钟有事，所以只躺了一会儿就到小镇火车站坐车，没想到在那里还见到了安东尼奥。惊喜地朝他挥手时，忍不住又打了个呵欠：“早啊！”

他换了昨晚的衣服，穿西装打领带，手里捧着咖啡，精神满满地对我说：“早啊！”

“你睡过吗？”我问。

他摇了摇头。

“天！不累？我是快要困死了。”说着，我又打了一个呵欠。

他咧开嘴，露出灿烂笑容，说：“哈哈，但昨晚玩得很开心啊！而且公司到下午有午睡时间。”

后来认识的人多了，我才明白过来，巴塞罗那人就是要享受生活，哪怕白天大部分有效时间都献给了工作，至少夜晚属于自己，必须要过得开心。巴塞罗那人的夜晚，属于朋友们，属于恋人，属于永不老去的青春。

当我回国工作后，发现大部分的生活状态就是：工作、回家吃饭、看电视、睡觉；工作、回家吃饭、看电视、睡觉；工作……到头来，发现时间就这样过去了，朋友越来越生疏了，甚至对自己也越来越陌生。

或许，有人觉得年轻人这样无妨，但结婚生了小孩的，就不能没有自己的人生。如果那个年纪还出去玩，还喊着享受生活，会被当笑话看，更会被斥责不负责任。

但是在巴塞罗那，即便你成了家有了孩子，依然能拥有生活。

并且，当有天朋友说想着要去哪里生活，但绕了一圈，还是回到了巴塞罗那。而在这儿，我有个中国朋友，生活了10年，回国后一直念叨着巴塞罗那：“回到国内工作了以后才发现，巴塞罗那是个多适合我生活的地方！悠闲，悠闲，

还是悠闲！在流浪者大街散步，在海边喂鸽子晒太阳！”

即使这里是一个旅游城市，但这里却有真正的生活。10 米外是菜市场，5 米处是儿童游玩区，对面是奶制品商店和超市，楼下是水果蔬菜店，隔壁是面包房。

50 岁的玛利亚和安德里克夫妇，每天 8 点多下班，安德里克到妻子公司门口等着。见她出来，递给她摩托车帽。她戴上后跨上了车，两人在巴塞罗那的街头兜风，到了一家电影院门口停下。两人脱下帽子，安德里克从后备厢取出一个纸袋。锁了车，两人手拉着手在门口排队买票，买饮料。

在爆米花香味的包围下，他们走进影院找到座位。

影片放映前，丈夫打开纸袋，拿出事先在家做好的三明治，一个给妻子，一个自己吃。

电影结束了，两人依然沉浸在故事当中，又手拉着手，边走出影院，边聊

着刚看的电影。有时争辩导演的用意，丈夫明知道妻子错了，还迁就着说：“对！是啊，不过还有种看法……”

他们白天上班，一个在城南，一个在城北。即使忙碌了一天，也愿意夜晚一起陪伴彼此。他们也不比我们轻松，还有房贷要还，孩子的幼儿园还没有着落，这个月的水电账单还没时间去缴，可晚上还是要出去。

自己家做的三明治，骑摩托车兜风，两张电影票。

夜晚带着幸福入睡，醒来后又是新的一天，去上班。

或许，再也没有其他地方，能像巴塞罗那一样，那么令人感到温暖了吧。把每天当成是末日来相爱，珍惜彼此在身边的每一天，即使是微小瞬间，也不忘记要亲吻和拥抱彼此。

在西班牙时间久了，无论见到生人还是熟人，首先都会很自然地在左右脸颊礼貌性亲吻，与相熟好友，更会拥抱，然后再礼貌亲吻。

有一天朋友来了兴致，一起笑着说：“一开始与你打招呼，我们过来亲你的脸你都会躲一下，脸都红了。”突然想起，在亚洲几乎都不会和朋友拥抱或者亲脸颊，甚至与父母也很少会如此，而在这里似乎是一件像一日三餐一样非常平凡的事情。

见面的时候，离别的时候，开心庆祝的时候，悲伤寻求安慰的时候……这些时候，西班牙人都会拥抱彼此。或许这也是大家常常会把“西班牙”与“热情”联系在一起的原因吧。

有没有想过，其实拥抱是一个很有力量的姿势？科学指出，催生素和一种自然产生的类鸦片物质，会在拥抱的时候产生，能够起到镇静和缓解压力的作用。

深深相爱的时候，拥抱时最靠近你的心脏，每一次呼吸都充满了被爱的幸福；离别的时候，拥抱久久的、紧紧的。为了不给对方添加悲伤，默默在他的衣角擦去眼角的泪水。

快要争吵的时候，沉默下来想一想，其实因为越在乎所以才会越心急。于是走过去，给对方一个拥抱，温柔地说：“我知道你也很心急，可未来的路还很长，我们一起慢慢解决，不吵架好不好。”

庆祝胜利的时候，拥抱时嘴角忍不住上扬，这一股彼此分享着的喜悦，即使只是一个在他人看来不起眼的小成功，可对于你们来说，因为只有彼此才懂得其中的意义，却真的可以傻傻地开心好久好久。安慰失意的好友时，拥抱并且说着：“乖，一切会好起来的。”虽然这不能帮助解决什么，但却无比地温暖。

因为当你拥抱我的时候，我深深地体会到，原来你一直那么坚定地陪在我身边。对于那些我们在乎的人，如果不擅长表达，也羞涩于说出那些话，那就给一个坚定而沉默的拥抱吧。因为我知道你会被我突然的“热情”吓到，可我也知道，你终究会懂得我的用心。

最近一次与家人拥抱是什么时候呢？

还记得小时候，父亲总是那么高大，在外滩看烟花时一手把小小的我抱起；在电影院看完《狮子王》时将睡着的我抱到车上；在第一次出意外摔破额头的时候，将满是血和眼泪的我抱到医院。

最近的一次，是在外公的葬礼上，不知道还能安慰失控哭泣的母亲什么，于是紧紧地抱住了她。

谢谢巴塞罗那，我学会了去做那个主动拥抱的人。

// 美好的生活

后记一：那些巴塞罗那教会我的

如果一个人是一座城，我愿意是巴塞罗那，像她那样，成为一道浓烈的色彩。

巴塞罗那没有飞上海的直航。凌晨 6 点的航班，回家的第一站：苏黎世。

那个夜晚，没有睡觉。我和他在屋里看电影，4 点钟出门，天还黑着。他沉默地开车，我摇下窗，一夜不睡却清醒得很，凉风吹在脸上有些疼，是告别的时候了啊。昨晚和玛利亚、安德里克说再见，亲吻后抱在一起，他们念叨着："快点回来，这里是你的家。"

车开在通向机场的公路上，想到旁边的这个路痴，一开始总是开错道，我们不得不绕好大一圈，现在他已经非常熟悉了。

两边的山，有星星点点的灯光，连成了一片。早起或和我们一样彻夜未睡的人家，窗户还是亮的。每一道那么小的光，里面都满载着喜怒哀乐的人生故事。

坐上飞机时，刚才的山路、告别、安检、候机都像是场梦。

空姐一个个查看安全带，我望着窗外亮起来的天发呆，直到有人拍了拍肩膀时才回过神来。

飞机已经开始离开航站楼，耳边响起机械声，地勤指挥人员从小车边走出，向机长挥手告别。飞机缓缓开到跑道前，停下。然后，突然加速往前冲，3 秒钟以后已经在半空中了。这座城市就在脚下了，地上的星光已经没了，因为天亮了，住在这里的人，应该醒了吧。

安德里克这时候已经吃了三明治，喝完咖啡准备上班；瑶瑶准备好弟弟的中饭，该去语言学校上课了。

有人告诉过我，故乡和家乡是不一样的。故乡，意即“曾经的家乡”，是唯一的。而家乡啊家乡，哪里有家，哪里就可以是 home，sweet home！

后来的后来，走在上海人民广场，或是在广州工作，总会路过 Mango 的广告牌，下面是 Barcelona，看到后，常会有一股亲切感涌上来。

在电视里看见巴塞罗那的旅游介绍，熟悉的风景，心里会起鸡皮疙瘩，这地方太亲切，好像是一场刚醒来的美梦。

幸好，世界天气预报没有巴塞罗那的份儿，欧洲通常只是象征意义地说到伦敦和巴黎。若天天播报巴塞罗那，我一定内心忧伤。在手机里，曾经排第一位的巴塞罗那，日渐放在后面，直到有天删去了，索性看不到，就不再想念。

为什么喜欢一座城市？有的人可能因为成长，有的人因为某个人，而我，喜欢巴塞罗那，可能是因为在那以前的人生，我不断在逃离，逃离家乡上海，

逃离澳门，逃离海牙，逃离爱尔兰小镇，直到撞在了巴塞罗那。因为人，因为在那里的生活，我感受到了温暖。时机果然很重要，在那以前，流离过，怨恨过欧洲，到了巴塞罗那，即使去过伊斯坦布尔，也觉得巴塞罗那像亚洲和欧洲的集中点，即使它没有北欧的严肃，但它有蓝蓝的天空，没有亚洲的拥挤，却有温馨的家和热情。

他曾和我摊开世界地图，问以后想去哪里。我们这两个哪里都没怎么去过的人，就这样探讨着，洛杉矶的天气像巴塞罗那，阳光很好，可是太浮华，没有巴塞罗那那么实在；伦敦雨太多，不适合生存；更别提荷兰或是爱尔兰，令人消沉；夏威夷只是个岛，有些远；日本太奇怪，旅游就可以；上海机会多，但是人也太多，四季可怕……

内心其实早就有了答案——要留在巴塞罗那的。

巴塞罗那教会了我许多事，最终，这座怪城也将我变成了一个怪人——一个热爱生活，喜欢随时拥抱亲吻，看见阳光就会莫名感到幸福的人。

嘉倩

再见，巴塞罗那！

2 分钟前

后记二：化身一座城

两年前文稿，终于出版。

三年前我告别了巴塞罗那，未曾返回。当一切汹涌的情绪淡去，剩下的，早已如同文身，刻在了灵魂里。

“巴塞罗那”这四个字，已渐渐从我嘴里极少说出。将过往的一切狠狠抛开，反作用力之下，我的生活在不断向前。当遥远的梦想成为脚下实实在在的路途，那个告别的恋人送来微笑祝福，三年的时间抚平了内心所有的汹涌澎湃。

朋友离开英国，彻底回乡，叹气说道，英国的一切如同一场美梦，只是梦醒来，清醒得残酷。

与你息息相关的人，某一天，突然无关了；心心念念视为第二故乡的城，某一天，突然陌生了。不接受告别，也只好这样，以另一种方式成为永恒。一张褪色的地铁票，一本厚厚的相册，一些零散的故事和文字，它们是证据，是抵抗时间的武器，是梦醒后的温柔抚慰。

非常偶尔地，有人与我谈及西班牙，谈及巴塞罗那，过往我总是絮絮叨叨，说美食，说节日，说天气，说海滩，说加泰罗尼亚人，不知何时起，我说得越来越少，越来越抽象，越来越概括，以至于如今，只说出一句话来——

“再也没有一座城市可以与巴塞罗那媲美。”

过去的两年，我居无定所，在中国各个城市、村镇做一个采访项目，绕了一圈，在这片国土上，根本寻不到巴塞罗那的影子。再又回顾欧洲生活的那些年，仅有那么几座城市，稍稍走样地似它。

巴塞罗那，独一无二得太过分了。它是你青春时期爱恋过的对象，爱过它，之后的人生，你总不自觉地在人群中渴求它的替代。你早已说不清它究竟哪一点好，它只是它，它的缺陷你一清二楚，它从未为你改变，像一只骄傲的孔雀，无论你爱或不爱，它从不介意。

离开后，我只是它裙下之臣的其中一位。

此刻，我正在上海写这篇后记。

上海，一座我出生、长大的城市，前些天的夜晚，我走在街上，愤恨漫长阴冷的冬天。一瞬间，明白了些什么。我有着上海带给我的实用主义：失忆下的生存能力。接近 40℃的高温天里，已经不记得飘雪的 -5℃；穿着背心、热裤，脚踩人字拖鞋，衣柜里的羊毛衫、连裤厚袜这辈子仿佛再也用不到了。

每一座生活过的城市，告别之后，你会忘记大部分的路名，你会忘记常去的餐馆，可是，这座城市特有的性格，将会如同灵魂上的 Tatoo，永远相随。

那么，巴塞罗那化身在我的性格里，永久性的改变是什么呢?

不害怕别人的眼光，勇敢做自己，哪怕残缺的我也是一个奇迹。

热烈地拥抱生命中的每一次相见与离别。

庆祝每一件发生过的大事小事，哪怕没事，活着也是值得庆祝的。

包容那些特立独行的存在，感恩它们浓烈了宇宙的色彩。

懒散地晒一天太阳，睡前跳一支舞，人生一错再错，错完了再从头来。

许多时候，你以为和一个人、一座城告别后，就此彻底无关了。其实，他们永远存在着，你会带着他们和另一个人、另一座城，发生新的故事。

2015 年 2 月 5 日

目录

序

1

旅者与城市

2

我已经用力喜欢过你了

嘉倩 | 作品

突然
就不想回去了

Stop being a tourist,
have a life!

测绘出版社

Bacelona

突然
就不想回去了

Stop being a tourist,
have a life!

Bacelona

图书在版编目（C I P）数据

突然就不想回去了 / 嘉倩著 .— 北京 : 测绘出版社 , 2015.9
ISBN 978-7-5030-3749-8

Ⅰ . ①突… Ⅱ . ①嘉… Ⅲ . ①散文集－中国－当代
Ⅳ . ① I267

中国版本图书馆 CIP 数据核字 (2015) 第 147206 号

出版监制：符　虚
选题策划：刘章鑫　魏斐然
责任编辑：赵　强
特约编辑：李芳芳　张　梦
营销策划：花　卷　贾　琼
装帧设计：吕宜浓

出版发行 测绘出版社
地　　址 北京市西城区三里河路 50 号
邮政编码 100045
电子信箱 smp@sinomaps.com
印　　刷 北京市雅迪彩色印刷有限公司
成品规格 166mm × 235mm
字　　数 219 千字
印　　次 2015 年 9 月第 1 次印刷
电　　话 010-83060872（发行部）
010-68531609（门市部）
010-68531160（编辑部）
网　　址 www.chinasmp.com
经　　销 各地新华书店
印　　张 17.25
版　　次 2015 年 9 月第 1 版
定　　价 39.80 元

书　　号 ISBN 978-7-5030-3749-8
如发现图书质量问题，可联系调换。质量投诉电话：010-82069336

突然
就不想回去了
Stop being a tourist,
have a life!

突然
就不想回去了
Stop being a tourist,
have a life!
Barc

突然
就不想回去了
Stop being a tourist,
have a life!

突然
就不想回去了
Stop being a tourist,
have a life!